U0926183

中国民间故事

郑 昶等 编著

中国大百科全书出版社 知识出版社

图书在版编目（CIP）数据

中国民间故事 / 郑昶等编著. -- 北京 : 知识出版社, 2021. 1

ISBN 978-7-5215-0282-4

Ⅰ. ①中… Ⅱ. ①郑… Ⅲ. ①民间故事 — 作品集 — 中国 Ⅳ. ① I277.3

中国版本图书馆 CIP 数据核字（2020）第 271076 号

中国民间故事

郑 昶 等 编著

出 版 人 姜钦云
丛书策划 李默耘
图书统筹 李现刚 王云霞
责任编辑 王云霞
责任印制 李宝丰
美术编辑 张 婷
出版发行 知识出版社
地　　址 北京市西城区阜成门北大街 17 号
邮　　编 100037
网　　址 http://www.ecph.com.cn
电　　话 010-88390659
印　　刷 文畅阁印刷有限公司
开　　本 880 毫米 ×1230 毫米 1/32
字　　数 180 千字
印　　张 8
版　　次 2021 年 1 月第 1 版
印　　次 2023 年 1 月第 6 次印刷
书　　号 ISBN 978-7-5215-0282-4
定　　价 30.00 元

目录

方雷氏与梳子的传说

我们每天清晨起床后都要梳头。你们知道梳子的来历吗？它和轩辕黄帝的妻子有关。

黄帝是古华夏部落的首领，被尊称为“中华人文始祖”。相传他有四位妻子，这四位妻子都对人类的文明做出了重要贡献。其中，元妃嫘祖发明了养蚕，次妃方雷氏发明了骨针和梳子。

方雷氏是怎么发明梳子的呢？

事情的缘起是这样的：当时，人们如果想梳理头发，都必须用手指。黄帝宫里有很多女子，她们的头发经常蓬乱无比，看起来非常不美观；而且这些女子总抱怨打理头发太麻烦了，索性就懒得弄了。方雷氏看不惯这些，于是，每逢遇到重大节日，心灵手巧的方雷氏总是及早行动，亲力亲为，为她们挨个儿梳妆。这可是一项大工程，每次她都累得手指酸痛。方雷氏一直在思虑着如何解决这个问题。

机会终于来了，有一年，洪水泛滥，黄帝最喜欢的一位发明舟船、名叫狄货的大臣，在治水的同时捕获了十九条大鱼，鱼身很粗。黄帝的第三位贤惠的妻子彤鱼氏做鱼很好吃，狄货本想请她用这鱼做一顿大餐，不巧当时彤鱼氏因病卧床，狄货只好去找元妃、次妃商量。

元妃让方雷氏去做。方雷氏就回忆着平时彤鱼氏烧鱼的方法，用石板加热的方法照猫画虎地把鱼做熟了。狄货一尝，感觉非常美味，便大快朵颐，一口气吃了三条，扔得遍地都是鱼骨。狄货吃完便罢，可是细心的方雷氏却有了灵感，她盯着地上的一节鱼刺，端详不已，被鱼刺的排列规律吸引了，不知不觉中将鱼骨插在头发中，梳理起自己蓬乱的头发来。奇迹出现了，不一会儿，她的头发就被梳得整齐服帖。方雷氏激动万分，她摸着顺滑的头发，有了一个大胆的想法。

这些鱼骨被她小心翼翼地收了起来。第二天，她拿出鱼骨，把它们清理干净，然后选出粗大整齐的，用心地折成一小段儿一小段儿的。她把宫中的女子叫来，给了她们每人一段儿，教她们用这个梳理头发。大家都觉得新奇，于是尝试着梳起头发来。可是，使用效果并不像预期的那样好，虽然有的用着不错，但也窘态百出：有的女子用力过大，鱼骨断了；有的女子不小心把鱼刺扎进头皮，受伤了。她们抱怨说，还是原来用手指整理头发的办法好，既安全又舒适。

方雷氏一时陷入困惑。尝试虽然失败了，但方雷氏并不灰心，她尝到了头发光洁带来的甜头，于是苦苦思考着成功的方法。用什么东西能代替鱼骨呢？方雷氏日思夜想。突然有一天，她遇见一个木工正在干活儿，于是突发奇想：木头不那么锋利，不会扎

伤人，又比鱼骨有韧劲儿，如果比照着鱼骨的形状做一个小工具用来梳头，效果是不是会很好呢？于是她就把这个想法告诉了木工，木工答应试试。

不几天，木工就带回他的“处女作”——用一块大木板仿照鱼骨做成的梳子，拿来给方雷氏看。方雷氏并不满意，这木梳根本无法使用，因为上面的“木刺”比手指还粗，跟耙子似的。

在方雷氏的指导下，木工请来几个朋友一起商量，并在第一把梳子的基础上加以改进，最后终于用竹子给方雷氏做了一把合适的梳子。方雷氏看到后，非常满意，因为这把竹梳子既安全又好用，而且大小合适，携带方便。

从此，这种梳子在宫里慢慢传开了，女人们都因为使用梳子而变得更加美丽。后来，梳子从宫内传到宫外，不仅女子，连将士们也喜欢用梳子盘起头发，因为这样更方便作战。

嫫母与第一面镜子

传说，镜子的产生也和黄帝的妻子有关，它是由黄帝的第四位妻子——嫫母发明的。

比起前三位妻子，嫫母的相貌要丑陋很多，那黄帝为什么要娶一位丑妻子呢？这和黄帝的审美观与价值观有关，正像他在诏书中所言："重美貌不重德者，非真美也；重德轻色者，才是真贤。"为了弘扬这种重德之风，黄帝决定以身作则，从万千美女中选了一位品德贤淑、性情温柔，但面貌丑陋的女子为妃，这位女子便是嫫母。

自从嫁入黄帝宫，嫫母就发现别的姐妹们每天早上起床后都成群结队地去水边梳妆打扮，还边梳妆边对着水面欣赏自己的容颜。可是嫫母一次都没有这样做过，因为她觉得自己长得丑，很自卑。即使是节日到了，她也不轻易露面，一天到晚只知道默默地干黄帝交代给她的活儿。

在这些宫廷女子当中，嫫母的力气是最大的，所以有什么重的体力活儿，大家都会主动叫上她。比如有一次，宫里需要找一

些做饭用的石板，于是彤鱼氏就叫上嫫母和她一起上山去挖。因为嫫母力气大，比别人干活儿快，不一会儿就挖了一堆，然后停下来休息，等等其他姐妹。这时正值中午，阳光非常刺眼。嫫母看着自己的劳动成果，非常高兴。可是，她的眼睛突然被一道亮光刺了一下。于是她顺着光线看过去，原来石头堆里有一块平整光滑的石片，在阳光的照耀下折射出夺目的反光。嫫母好奇地捡起那块石片，拿在手中一看，不由得吓了一个趔趄——她在石片上看到了自己的脸。她一方面为自己的丑陋心烦，另一方面又对这片光滑的石片十分好奇，就悄悄把它带回去了。

回到宫里，嫫母没有对任何人讲过这件事。她随身携带着石片，经常趁四下无人时，取出来照一照。有一次，她发现石片上还有坑坑洼洼的地方，不平整，照出的影子歪歪扭扭的，于是她想了个办法，找来一块磨石，像磨刀那样用力在上面磨来磨去，很快就把石片表面磨得光滑异常了。她再拿起一照，石片上的自己更清晰了。遗憾的是，自己的容颜还是那么丑，没法和其他姐妹比。嫫母很受打击，从此以后，她更没有信心和别的女人一起去河边梳妆了。反正她也有自己的“神器”，根本用不着用河水来当镜子。

有一次，嫫母在帮彤鱼氏用石板烤肉时，不慎被炸裂的碎石渣崩伤了脸，鲜血直流。于是嫫母回到自己的房间，掏出石片照着为自己敷药。她一边敷药一边难受，心想，本就丑陋的自己现在又破了相，以后岂不是会更难看？

嫫母受伤的事被黄帝知道了，他心疼自己的妻子，赶紧放下公务，过来看望一下。进门以后，正撞见嫫母对着石板敷药。黄帝悄悄走近，想给亲爱的妻子一个惊喜。不料却吓到了嫫母，因为她发现石片上出现了黄帝的面孔。她赶紧扭头，这才发现黄帝站在她身后。

嫫母像做了错事一样，想把石片藏起来，却没来得及。黄帝好奇地问嫫母："你手里拿的是什么东西？"

嫫母老老实实把发现这块能照出人像的石片的经过，一五一十地说了一遍。黄帝听罢，拿着石片观察了一番，直夸嫫母的这一发现好。

之后，黄帝立刻把他的其他三位妻子叫来，让她们也开开眼界，长长见识，使用一下这个宝物。大家都很喜欢，众口一词，说要好好表扬嫫母，以后大家就不用去河边梳妆了，要给她记大功。

从那时起，镜子的发展史便开始了，后来又出现了各种材质、各种造型的精美的镜子。

仓颉造字

象形文字是一种最古老的字体。为了方便保存，中国的象形文字最初是被人们刻在乌龟的壳上的。

象形字的渊源和战事有关。

有一次，黄帝和炎帝两军交战，打得不可开交，战事胶着很久也无法分出胜负。黄帝听到军情报告后非常着急，他想改变战术，于是便叫大臣仓颉去传令。可是仓颉把随身携带的作战口令弄丢了，吓出一身冷汗。他不敢耽误战事，立即报告给黄帝。黄帝非常气愤，但也只好收兵。

事后，黄帝特别严厉地批评仓颉，说：“作为我最信得过、最聪明的大臣，你怎么能在战场上把作战口令弄丢呢？这简直不可饶恕！”

仓颉承认了自己的错误，但这件事也是他一直担心的，因为当时的作战口令是通过结绳记事、刻木为号的方式来传达的，这种方式一不准确，二容易丢失。由于战事增多，这种传令方式越来越行不通了，必须改变，否则以后会麻烦不断。

仓颉把这些弊端和自己的担忧诚恳地陈述给黄帝。黄帝深以为然，但他同时又问："你不能光提出问题，还要解决问题，你有什么新的传令方法吗？"

仓颉认为，应该创造一种特别容易辨认的字符，大家一看就能明白，用这种字符的方式传令，不容易丢，执行起来也会更方便。

黄帝非常赞同仓颉的主张，便命令他放下手头的一切工作，专门负责造字，必须尽快造出字来。

黄帝一下令，仓颉有点着急了，因为那些想法只是他的灵光一现，并不确定可不可行，没想到黄帝这么快就交给他落实，这可把仓颉愁坏了。他整天冥思苦想，一转眼半年过去了，他还是没想出好办法。黄帝急于打败对手，给他下了死命令。

接到命令后，仓颉十分郁闷，为了发泄内心的挫败感，他不顾严寒，拿起弓箭，跑到山林里去散心。时值雪季，山林里一片雪白。仓颉围着山转了好久，连一只兔子都没打到。其实他也无心打猎，索性就盯着雪面发呆。就在这时，突然从树林里飞来一群麻雀，在雪地上蹦跳着觅食，所过之处，满是一串串花朵般的爪印。接着，又有两只梅花鹿从树林里跑出来，发现有人后马上跑掉了，也在雪地上留下了蹄印。仓颉看着这一切，陷入沉思，让他烦闷许久的差事仿佛有了眉目。

通过对比，他发现麻雀的爪印和梅花鹿的蹄印形状很不一样，他又找到其他动物的脚印，发现每一种动物留下的印迹都不同。于是他想，如果把麻雀的爪印画出来，把这个字叫作"雀"，把鹿蹄的蹄印画出来，把这个字叫作“鹿”，把豹子的足印画出来，把这个字叫作“豹”，以此类推，那世界上所有东西不都有自己的字了吗？这么一想，仓颉激动得心都要跳出胸膛了，他立马赶回宫廷把他的计划报告给黄帝。

仓颉一五一十地说了自己的想法，黄帝听得心花怒放，称赞道：“我果然没看错你！从今天起，你就用同样的方式给日月山川和飞禽走兽都造出字来，然后再推行下去，那我们就强大到没有敌人啦！”

仓颉喜欢上了这份有成就感的差事，从此以后，他一心扑在造字事业上，每天认真地观察日月星辰、山川河流、飞禽走兽，不停地思考，认真地按照万物的形象造出字来。很快，他就把这些字都造出来了。每造出来一些，就赶紧给黄帝看。慢慢地，他造的字越来越多。他们又遇到了另一种麻烦：如何记载和保存这么多的象形字呢？为了解决这个问题，石头、木板、兽皮，这些仓颉都想到了，都不合适。他又发愁了，日日思考象形字的记录方法。

功夫不负有心人，一天，有个渔民听说仓颉会造字，他很好奇，于是就从河里捉了一只大乌龟，带着来找仓颉，请他给乌龟造个字。看到这个硬邦邦的家伙，仓颉皱了一下眉，但他很快想到了方法。他仔细观察了乌龟的形态和动作，便照龟的形象，造了个“龟”字。造完“龟”字后，他发现龟背很大，而且上面还有排列整齐的方格，便突发奇想把字刻在龟背上。刻字完毕，乌龟感到背部疼痛，便挣扎着跳进河里逃走了。

三年后，有人提着一只乌龟来宫廷报告，说他发现了一只怪物——一只背部有奇怪符号的大乌龟！怕是不祥之物。黄帝召仓颉查办此事。仓颉赶紧进宫一看，发现这正是自己三年前在上面刻字的那只乌龟！而且他还发现，刻在上面的“龟”字不但没有消失，而且还变大了，字迹也更清晰了。

至此，仓颉终于想到保存字的好方法了，他下令以后所有人都要把龟壳留下来，献到宫廷。之后，他把自己所想到的字都刻在乌龟壳上，再用绳子串起来，结集成册。黄帝对仓颉的做法非常满意，更器重他了。

这就是象形文字和甲骨文的来历，是不是有点妙手偶得的意思呢?

十二生肖与猫鼠之争

现在的人们知道十二生肖的多，知道天干地支的少。其实，先有天干地支，后有十二生肖。十二生肖是在天干地支之后发明的。

相传远古时期，仓颉造字后，为了计算年份与时辰，黄帝发明了天干地支法。天干为甲、乙、丙、丁、戊、己、庚、辛、壬、癸；地支为子、丑、寅、卯、辰、巳、午、未、申、酉、戌、亥；天干地支搭配起来轮转一圈为六十年。这种方法在当时是很先进、很科学的，直到今天依然在沿用。

可是，对于普通老百姓来说，这种方法太复杂太难懂了。别说老百姓，就连那些跟随仓颉习字的人都很难搞清楚。仓颉遂把子民们的意见反馈到黄帝那里，黄帝决定再想一套通俗易懂的方法，让普通人也能看得懂、认得出。

思来想去，黄帝决定选十二种动物进行搭配。这样人们一看到图像，就能知道是啥年了，连小孩子都能知道。

经过一年的酝酿与准备，到了年底，黄帝开始执行计划了，他命令仓颉传一道圣旨，邀请天下的动物在正月初一清早举行一场比赛，以名次靠前的十二种动物来代表十二地支。

比赛的目的地设在一座四面环水、风景优美的小岛上。远古的时候技术不发达，还没有桥梁，所以动物们都要从水面上游过去，先到达小岛上的广场的十二种动物算获胜。很多不会游泳的动物都放弃了，只有猫和老鼠不死心，它们暗下决心，有条件要去，没条件创造条件也要去！

猫和老鼠本来就是好朋友，现在为了共同的梦想，它们坐下来一起商量。一时没有好主意，但它们还是决定动身，提前去河边候着，看有没有机会。

比赛那天，猫和老鼠都早早地来到海边。它们站在岸边，能清楚地看到岛上的一切，但它们都不会游泳，只能干着急。

这时候，刚好一只水牛也到了。猫和老鼠同时有了主意，它们对视了一眼，一起来到水牛跟前说好话："水牛大哥，我们也想和您一样参加比赛，但是我们不会游泳，麻烦您驮我们过去好吗？快到岸边的时候，您先上岸，我们让您得第一名，我们俩靠后。以后我们会好好报答您的。"它们一番花言巧语，把憨厚的水牛说动了，水牛点点头，就让老鼠和猫坐在自己的背上，下到海里。

当它们渡水到中途的时候，老鼠开始动起了心眼儿。它算计着：我是一定要拿冠军的，赢了水牛是小菜一碟，可是超过猫不大可能，猫跑得不比我慢。有猫在，我不可能得第一名。现在我要是把猫推到海里，冠军非我莫属。

想到这里，老鼠用余光偷看了一下猫，见它正在欣赏海景呢。于是老鼠乘其不备，一下子把猫推到海里去了。水牛只顾浮水，也没看见这一切。所以，老鼠这坏使的，神不知鬼不觉的。

猫的威胁已经解决了，下面就是对付水牛了。老鼠觉得，解决水牛这个竞争对手问题不大。接下来，等水牛游到离岸还有几米远时，老鼠爬到水牛头上，拼命一跳，跳到了岛上！接着，老鼠连一句感谢的话都没对水牛说，就撒腿跑向广场，第一个到达目的地，获得了第一名。

水牛虽然生气，但还是不想与老鼠计较，它上岸后也撒开四蹄，跑向广场，结果得了第二名。鼠、牛之后，虎、兔、龙、蛇、马、羊、猴、鸡、狗、猪，也相继到达，获得了相应的名次，这十二种动物分别代表十二生肖，比赛圆满完成。

话说猫被老鼠推到海里，并没有被淹死，它求胜心切，靠着惊人的毅力拼命挣扎，最后总算抓住了猪的尾巴上了岸。猫上岸的时候，竞赛还没结束，于是猫拼命地追上去，结果得了第十三名，失去了当十二生肖的资格。

猫把它的失败归因于老鼠使坏，从此与老鼠不共戴天，两种动物成为世仇。直到现在，猫一见老鼠，便会立刻上前扑杀，以解心头之恨。老鼠呢，知道自己祖上做了亏心事，见了猫就会跑得远远的。

神农氏与布谷鸟

炎帝和黄帝共同被尊奉为中华民族人文始祖，成为中华民族团结、奋斗的精神动力。那么，关于炎帝的故事，你知道多少呢？

炎帝诞生之时，正值盘古开天辟地之初，世间的人们还一片懵懂，不会耕作，长期过着吃不饱穿不暖的日子。

炎帝没有父亲，只有母亲，他的母亲叫女登。有一天夜里，女登在睡梦中梦到太阳，她把太阳紧紧地抱在怀里，因此而怀孕。经过一年零八个月的孕育，女登生下了炎帝。炎帝诞生那天，在他家附近发生了奇异的景观：他家门口忽然出现九口水井，清泉直冒，水味甘甜，而且九口井是连通的。这种现象引发了民间的种种猜测，甚至造成了恐慌。有人说是好事，说明这孩子是火星投胎，为乡亲们带来了水，有火有水，是大吉；也有人说这是凶兆，这么多井水意味着水灾，搞不好将来会暴发山洪！

女登听了流言，心里很不是滋味，也为孩子的命运担忧，但她自有判断和主张。她想，水火不相容，如果给孩子取个带火字

的名字，就不怕水了。于是她就想到了“炎”字，两个“火”字叠加，就能免受水患的侵害了。

那时人们要靠狩猎和上山采集野果充饥，女登家也是这样。她生下孩子不久，就带他上山采集野果。没人照看孩子，她就把孩子哄睡，然后把他放在开满鲜花的草地上，自己再去采集食物。很多时候，孩子一觉醒来，见不到母亲，又怕又饿，就哇哇大哭。小炎帝的哭声非常特别，不像孩子哭，倒像小鹿和雏鹰的叫声。这奇妙的哭声吸引了母鹿和山鹰，它们闻声而来，看到如此可怜的孩子，心生怜悯，于是母鹿就躺在地上给他喂奶，山鹰也张开翅膀为他遮阳挡风。虽然炎帝不能时时得到母亲的陪伴，但他有鹿和山鹰的额外照顾。

就这样，在母亲、母鹿和山鹰的共同照料下，炎帝茁壮成长，速度惊人，生下来三天就会说话，五天就能走路，七天就长满了牙齿，很快就长成了身材魁梧的大人。他身体健康，聪明伶俐，勇敢热情。

最初的几年，炎帝生活得非常幸福，因为他周围的人们相处融洽，社会非常和谐。但随着人口的不断增加，这种和谐被破坏了，人们开始忍受饥饿，并为食物争夺，开始有了矛盾和纷争。

这些矛盾和变化让炎帝深感忧虑，也激发了他的责任心。他决心要改变这些不美好的地方，于是开始冥思苦想。要想改变食物不够吃这一现状，就必须多获得食物，于是炎帝想起自己为了糊口，经常到山上找能吃的野菜、野果，把它们采回来吃。那些植物都生长在远处的山上，要采到它们需要翻山越岭，很不方便。

为何不把它们种在山下以及家家户户的门口呢？就这样，炎帝下决心要试试看。

种植植物需要工具，到哪里去弄工具呢？

有一天，炎帝从山上回家，半路突然风雨交加，一根树枝被风吹断，跌落在炎帝面前，重重地落在地上，砸出一个大坑。炎帝顿时受到启发，他把树枝从地上捡起，如获至宝。回到家里，他把树枝的一端削尖，在地上试了试，果然能挖出不少泥土。这个工具就是后来“耒耜”的雏形。有了这种木制的工具，炎帝得以在居住的房屋附近翻土，试种那些可吃的植物。当然，他经历了一个漫长又艰苦的摸索过程。最初，他从山上把结有果实的植物连根拔起，栽在家里，可它们很快就枯萎了。后来他又把植物的果实摘下来种在家里，也没有成功。尽管如此，炎帝从不气馁。他不停地摸索、尝试，经常累得直不起腰来，手被磨得渗血，可这些并没有让他放弃。

炎帝的勤劳和坚持被玉帝看到了，玉帝想帮助他，于是就派了只神鸟带着谷种飞到炎帝家。神鸟把种子播在炎帝开垦的土地上，并发出“布谷，布谷”的叫声。神鸟用这种叫声唤起太阳神、雨神和土地神的注意，让他们一起帮助炎帝。这种叫声也被炎帝听到了，他感觉是上天在提

醒自己要及时种植，勤于耕耘。

在这些力量的共同作用下，不久，种子破土而出，茁壮成长，结出饱满的谷物，有稻、黍、稷、麦、菽五种，也就是我们现在所说的五谷。炎帝非常高兴，把粮食分给他的子民。当然，“授人以鱼，不如授人以渔”，炎帝还把谷物种植的方法和经验全部教给大家。为了方便耕种，他还带领大家一起制造和改进劳动工具，制作了耒耜等，大大提高了种植的速度，扩展了种植面积。从此，人们吃上了自己种植的五谷杂粮，生活得到改善，社会越来越文明。

人们都很感激炎帝，尊称他为“神农氏”。他去世后，人们把他当作人类始祖虔诚地祭拜。

那只神鸟也被玉帝留在人间，它在世间繁衍生息，一直帮助着农人。每年春季，它们便飞遍神州大地，用独有的“布谷，布谷”的叫声，提醒人们种植时间到了。人们渐渐喜欢上这种鸟，根据其叫声给它们起了个好听的名字——“布谷鸟”。

农业始祖——后稷

周朝的祖宗后稷，名叫“弃”。他的母亲是有邰（古国名，在今陕西武功县）氏的女儿，名叫姜嫄，被许配给当时的帝喾做元妃。

姜嫄怀孕的经历十分神奇。有一天，姜嫄出门到野外去，看见一种巨人的足迹，很分明地印在地上。那足迹，比平常人的足迹不知要大多少倍。姜嫄从来没有看见过这样大的足迹，心里又惊异又觉得好玩，情不自禁伸出脚去，踏了一下。哪知这一踏，让姜嫄的身体竟如触电一般震动起来。不久，她就怀孕了。

十个月之后，孩子出生了。姜嫄以为这孩子是不祥之物，把他抛弃在小巷里，让牲口去践踏他。说也奇怪，过往的牛、羊，都避开他走到边上去，不敢踏到他。姜嫄于是又换一个地方，把他抛弃在山林中，想让野兽吃掉他。哪知山林中，又偏偏有许多樵夫在那里砍柴。姜嫄于是又换了一个地方，把他抛弃在河中的冰上，她想，就是溺不死他，冻也要冻死他。哪知又飞来许多鸟儿，有的张开翅膀，垫在他身子的下面；有的张开翅膀，罩在他

的身体上面，还有的用翅膀托举着他。

姜嫄见此情景，十分震惊，连禽兽都来保护他，料他将来一定是个非凡之人，于是又把他抱回家抚养。因为他几次三番被抛弃，所以给他起个名字叫作弃。

弃是种植的天才，在幼年的时候，就喜欢种植麻、菽一类的东西。虽然他的种植是闹着玩儿，可是他所种的植物和谷类，没有一样不生长得很好，收成得很好的。成年后，他自然而然地从事耕种事业。哪块土地，宜于种植哪种植物；什么时候可以播种什么种子；怎样耕耘灌溉，才可以得到好的收获。对于这些问题，他都有精密的推算和丰富的经验。

依从弃的耕种法则，会取得特别好的收成，那时的百姓，都很信赖他。帝尧知道了，就请他做当时的农师，教人民种植百谷。帝舜因为弃的功劳大，封他在邰这个地方，号称“后稷”，别姓姬氏。我们熟知的周文王姬昌、武王姬发，便是他的后代。

楚王与“和氏璧”

春秋时期，楚国有个叫卞和的砍柴人，他是个玉痴，眼力非常好，能慧眼识璞。

为了找到上好的玉石，他经常出入各大名山，遍寻璞玉。有一次，他在荆山上发现一块非常好的璞，他断定里面的玉质一定非常好，如果雕琢出来，将会是天下最美的玉。

卞和虽然出身卑微，但他有一颗忠君之心，遂决定把这块稀世珍宝献给楚王。

当时楚国的国君是楚厉王。可惜，楚厉王并不懂玉，为了辨别璞的好坏，便把这块璞交给宫里的玉匠把关。而那玉匠是个不识货、混饭吃的家伙，他接到璞后，顿时傻了眼，根本看不出任何名堂，但他肯定不能告诉楚王自己不懂，于是便把责任全部推到卞和头上：“禀告大王，以我多年在宫里鉴宝的经验，这只是一块普通的石头，根本就不是什么好璞。那个家伙看起来就是穷人，他怎么可能得到好玉呢？”

楚厉王一听，见宫里这么有经验的老玉匠如此肯定这是块普通的石头，就信以为真，他非常生卞和的气，觉得他犯了欺君之罪，当即吩咐人把卞和拖出去，砍掉了他的左脚，把他撵出了都城。

就这样，卞和被误解，表错了忠心，还稀里糊涂被砍成残疾，真是倒霉透了。纵然如此，他坚持真理的决心并未改变。

几年后，楚厉王去世了，他的儿子武王继位。

忠君的卞和还是想把最好的璞玉献给尊贵的楚王，也可借机解释一下，还自己一个清白。于是，他又抱着这稀世珍宝去献给楚武王。可惜的是，江山易主，但玉匠未换，还是那个不懂装懂的玉匠，而楚武王也和他的父亲一样昏庸。

楚武王拿着卞和献上来的璞给玉匠看，玉匠还是坚持说卞和就是几年前那个骗子。于是楚武王又令人砍了卞和的右脚，把他赶出都城。

可怜的卞和，两只脚都没了，但他还是坚持认为自己那块璞里有最好最美的玉。

又过了一些年，武王死了，他的儿子文王即位，被称为楚文王。

卞和此时已经是个风烛残年的老人了，但他初心不改，还是想把最美的璞玉献给自己的国君，可他被前两次的经历吓怕了，实在没有勇气去冒险了。

壮志未酬的卞和只好抱着他心爱的璞，又来到大荆山下，日夜痛哭不止，甚至还哭出了血泪。

这件事在当地引起极大的反响，于是有人把这事报告给文王：

“大王，您一定听说过那个因为献璞被砍掉两只脚的卞和吧，他现在正抱着璞在一处山脚下没命地哭呢，都快要哭死了。您要不要过问一下呢？”

卞和献璞的事，文王当然听说过，但他一直听人说卞和是个骗子，但现在，多少年过去了，这个人如此执着，还在抱璞痛哭，看来真是有莫大的冤屈啊，是要好好查一下。于是就派人前往大荆山，接卞和面见。

卞和抱着他的璞来到文王面前，伤心地哭诉：“大王，我哭并不是心疼我的两只脚被砍掉，而是伤心辛辛苦苦找到的宝玉被当成石头，被世人骂作骗子。我冤枉啊！”文王见状，也觉得卞和不像骗子。但如何证实呢？只能找玉匠把璞打开了。

激动人心的时刻出现了，那块璞才刚被琢开一个角，温润的玉质与光泽已经让众人震惊了。待全部打开，露出了又大又美的玉，大家都惊叹不已！

文王当时就被卞和的精神打动了，他不仅赏赐了卞和，还把卞和献上来的这块珍贵的宝玉，以卞和的姓氏“和氏”命名，这就是历史上有名的“和氏璧”。

介子推与清明节

清明节是中华民族祭祖的重要节日。它的来历和一名叫介子推的忠义之士有关。

介子推是春秋时期晋国的义士，他出身贵族，正直清廉，忠君爱民，不慕浮华，一身正气。有一年，晋国发生内乱，在骊姬的阴谋下，一伙奸臣合伙密谋要陷害大公子重耳，说他杀死了太子申生。为了躲避迫害，重耳就在介子推等贤士的保护下离开了晋国，过起流亡的生活。

有一年，他们逃到卫国，随身携带的资粮被一个道德败坏的随从偷走了，他们好几天都没有食物可吃，还在深山老林里迷了路。晋公子重耳快要饿死了，他绝望地坐在一张破席上，仰天长叹："哎，我死不足惜，恐怕将来晋国的百姓日子就难过了。"

介子推听了这番话，非常感动，心想："这真是一位为民着想的好国君啊，生死关头想到的不是自己，而是心怀百姓，这样的好君王值得拿生命相护。"于是他拿起刀走到远处，强忍着巨大的疼痛，从自己腿上割下一大块肉，然后生火烤熟了给公子

充饥。

重耳根本不知道肉从何来，他饿急了，接过熟肉狼吞虎咽地很快就吃光了。

之后，他才想起问介子推："你从哪里弄来的肉？再去弄点吧，我还没吃饱呢。"介子推把裤脚撩起，说："肉从我的腿上来，既然公子喜欢吃，那我再割一块。"

重耳一听，非常震惊，被这忠贞的义士感动得热泪盈眶。他望着介子推受伤的腿肚，坚决不同意介子推再割肉，并惭愧地说："你对我这般好，将心比心，我将来一定好好报答你！"

介子推说："我如此卖命，从来不求公子的报答，只求公子能有一颗爱民之心。我们流亡在外多年，饱受颠沛流离之苦，而百姓们也生活在水深火热之中，但愿有朝一日您当上国君后，能像我今日爱您一样爱护百姓。"

经过十多年的流亡生涯，晋公子重耳终于迎来了出头之日，在秦穆公的支持下，他当上了晋国国君。

公子重耳夜以继日地赶回晋国上任，当车队将至国都时，他望着那条陪他流亡了十九年的破席子，挥剑将其扔下车去，再也不想再看见它，因为往事不堪回首。

这一幕恰好被默默跟在车后的介子推看到了，他停下来，深情地望着那条破席子——这是日夜陪着他们、见证了他们苦难生活的老朋友啊。他沉思良久，然后悄悄地拿起席子，改道回家了，并没有跟重耳进宫享受荣华富贵。

重耳当了国君（即晋文公）后，没有忘记流亡期间陪他共患难的人，对他们一一进行赏赐，却唯独忘了自己曾许诺报答的介子推。有热心人提醒晋文公，晋文公才想起好久没见介子推了，连忙派人去请他，想要加倍补偿，以感谢他的救命之恩。

可是，介子推拒绝了，晋文公再派人去，介子推又拒绝了。这样反反复复好几回，晋文公只好亲自去请介子推领赏。他来到介子推家，却吃了闭门羹，经多方打听，才知道介子推不愿领赏。为了免受干扰，他已背着母亲，离家躲进了附近的绵山。

报恩心切的晋文公发誓一定要找到介子推，让他随自己去宫里享受荣华富贵，便从京城调派御林军，让他们到绵山进行地毯式搜索。可是心意已决的介子推与他们玩起了“捉迷藏”的游戏——御林军在前山搜，他就背着母亲去后山；御林军在后山搜，他就背着母亲去前山。

御林军找了很长时间，也没有找到介子推。看这里山势陡峭，地形复杂，找人仿佛大海捞针，太难了。有人提议放火，从山的三面开始点火，留下一面作为逃生出口，这样介子推一定会被火熏出来。

晋文公觉得这是个不错的主意，于是下令点火。此时山上到处是干草，一遇明火，马上燃烧起来，火借风势，很快便火光满山。

火蔓延开来，从三面烧遍全山，蹲守的士兵始终不见介子推的踪影。大火烧了三天三夜，山被烧秃了，介子推还是没有出来。

火彻底熄灭后，晋文公派人搜山，在一棵烧焦的大柳树旁，

众人发现了介子推和他母亲的尸体。他临死还背着母亲。

见此情此景，晋文公抱着介子推的尸体放声大哭，跪拜许久，才安排人为他移尸厚葬。处理后事时，众人发现介子推的背部紧紧地顶着柳树树洞，似乎在有意保护着什么。于是晋文公令人伸手去掏，结果掏出来一封写在衣襟上的血书，上面写着：

割肉奉君尽丹心，但愿主公常清明。
柳下做鬼终不见，强似伴君做谏臣。
倘若主公心有我，忆我之时常自省。

臣在九泉心无愧，勤政清明复清明。

晋文公看罢，内心充满了愧疚，他把介子推的血书好好收藏起来，然后令人把介子推和他的母亲一起安葬在那棵烧焦了的大柳树下。

他还取下一段烧焦的柳木，带回宫中，用它做了一双木屐，每天对着它悲叹："悲乎，足下。"后来，"足下"一词就成为下级对上级或同辈之间的敬辞。

为了表达对介子推的哀思，他把这一天定为寒食节，让全国老百姓都寒食一日，不生烟火，以示尊重和缅怀。

到了第二年的这一天，晋文公去绵山祭奠介子推。他先在山下寒食一日，第二天素服徒步登山，以示哀悼。他来到介子推坟前，却发现那棵被烤焦的大柳树竟然复活了，只见柳树枝条柔软，随春风曼妙起舞。

望着生机勃勃的老柳树，晋文公出现了幻觉，他好像看到介子推在走近他，并向他进言。晋文公刚要起身迎接，却发现是一场幻觉。于是，他长叹一声，只好折下一枝柳条，编了个帽圈儿戴在头上，以表哀思。

群臣们见国君戴柳，也纷纷效仿。君臣们祭扫后，晋文公就把那棵复活的老柳树赐名为清明柳，把这一天定为清明节。

晋文公把介子推的血书衣襟放在身边，当作自己的座右铭，激励自己要勤政爱民，把国家治理好。后来，他成了春秋五霸之一。

有如此英明的国主，百姓们也非常幸福。幸福之余，他们也万分感谢死谏有功的介子推。为此，他们还在清明节插柳条儿寄哀思，表情怀。后来，家家户户都爱种柳树，没几年，绵山一带的村庄处处柳树成荫。

介子推这种“富贵不能淫，贫贱不能移，威武不能屈”的精神激励着中国历史上无数仁人志士，他忠君赴义的气节流芳百世，至今仍令人感动。

楚、梁"瓜田之争"

战国时期，楚、梁（战国时魏国迁都大梁后，改称梁）两国是邻国，在他们的接壤处有几个县，没有大山大河等天然屏障阻隔。因为这种相邻关系，两国边境处的人们常常为一点鸡毛蒜皮的小事发生纠纷，弄得两国的国君非常头疼，派了很多贤人前去治理，都以失败告终。

后来，这种骚乱不止的局面被一个叫宋就的梁国县令终结了。

宋就有才华，非常智慧，他是怎样治理边疆人民纠纷的呢？

宋就任职的那个县因为土地肥沃，适合西瓜生长，人们世代种植。这里的百姓勤快，经常担水浇地，精心伺候着，所以西瓜长得很好，成熟后又甜又大。当地百姓因此受益，安居乐业。

可是，楚国那边就不一样了，虽然土壤、天气条件相同，但楚国这边的老百姓好吃懒做，很少打理西瓜秧苗，只纯靠老天爷吃饭，所以西瓜长得干瘪，滋味寡淡，卖不出去，老百姓的收入惨淡。看到这么强烈的对比，楚国县令感到自己脸上无光，便狠

狠地批评了他们，要求他们也要把西瓜种好。

楚国的村民被批评了，心里很不痛快。但他们没有反思自己的行为，没有意识到自身的懒惰，反而把怨气撒到梁国的村民身上，觉得这一切都是对方那些又大又甜的西瓜惹的祸。

为了报复梁国的村民，楚国的村民就千方百计去搞破坏。他们白天不干活儿，一到晚上，就派出劳力，跑到梁国的瓜田，肆意践踏对方的西瓜与田地。由于他们的破坏，梁国村民种的瓜也烂掉了，连西瓜秧都被连根拔起。

梁国的村民看到一片狼藉的瓜田，震惊了，为了抓住搞破坏的人，梁国村民连夜值守，很快就发现是楚国那边搞的鬼。怎么应对这种情况呢？有人说："既然楚国人给我们搞破坏，那我们就用同样的行为毁了他们的瓜田。我们多派些人去，把他们的西瓜全踩烂。"

这种报复性的号召得到很多年轻人的响应。这时，一位理智的长者赶紧劝说大家："大家不要轻举妄动，这是关乎两国的大事，我们还是上报给宋就县令吧。听说他很有智慧，我们最好听听他的意见。"大家听了觉得有理，于是就成群结队来到宋就的县衙，请他主持公道。

大家七嘴八舌，把楚国人如何毁瓜，瓜田损失巨大的情况报告给宋就，宋就耐心听完，沉思片刻，给出了不一样的意见。他安抚住大家激愤的情绪，说："大家要从长远考虑，不要只关心一时一事的得失。你们想想，如果像你们说的那样去报复他们，然后他们又来报复我们，这样没完没了地报复下去，所有的瓜田都会遭殃，之后还会殃及其他，怨气越来越大，仇恨越来越深，直至不可收拾，甚至引发战争。这不是你们想要的吧？”宋就的话警醒了大家，大伙儿纷纷请宋大人明示之后该怎么办，难道就咽了这口窝囊气吗？

宋就又耐心地说：“我的办法可能会让你们觉得很委屈，但请耐心听我说完。我觉得还是要以德报怨的好。你们不要计较他们的使坏行为，要用善良去感化他们，把他们的瓜当成自己的瓜去照料，每天夜里都派人悄悄给他们的瓜田浇水，让他们的瓜长得和你们的瓜一样好。”

这算什么主意呀？很多村民觉得这不但出不了气，反而还让他们去为对方干活儿？他们非常不理解，甚至觉得他是在胡闹，偏袒敌国，但后来又觉得他是有大智慧的人，肯定自有道理，还是老老实实按他说的去做了。

他们回去后，每天夜里都悄悄给楚国的瓜田浇水，渐渐地，楚国的瓜也长得像梁国的一样好了。楚国村民眼看瓜田一天天变了模样，觉得很奇怪，于是他们也派人夜间值守，想看看到底是谁在帮他们照顾瓜田。当他们发现原来是梁国的村民每天夜间偷偷为他们的瓜田浇水时，楚国村民被他们以德报怨的行为感动了，并把梁国的善举汇报给楚国的县令。楚国县令听后，亲自来到瓜田，看到西瓜确实长得又大又好，他既感激又高兴，同时还惭愧、自责，觉得自己没管理好，不如梁国县令。他把这件事一五一十地禀报给楚王，楚王也和他一样，又感动又惭愧。

为了表达歉意，楚王还备了重礼，派人郑重地送给梁王，表

达了与梁国交好的愿望，梁王欣然同意，希望世代睦邻友好。此后，楚、梁两国成了好邻邦。楚王时常称赞梁王，认为他是守信用的人。

楚国村民也不断学习，把西瓜种得又大又甜，边境的两国军民和睦相处，再也不像以前那样纠纷不断了。

这件事后，两国的君王和百姓都明白了这样一个道理：要和谐不要敌对，要宽宏大量不要小肚鸡肠，要以德报怨不要以牙还牙。

孟姜女

秦朝时，有两户人家，即孟家与姜家，他们是邻居，仅有一墙之隔。两家人世代比邻而居，关系融洽，亲如一家。

有一年春天，墙东的孟家种了一棵瓜苗，到了夏天，瓜秧顺着墙头攀爬到墙西的姜家，结了一个瓜。那瓜长得又大又好，非常惹人喜爱。到了秋天，瓜熟蒂落，这瓜正好在两家的墙头上，该怎么办呢？两户人家一商量，那就一起分了吧，于是就拿刀把瓜从中间一分两半儿。

没想到，瓜一切开，所有围观的人都惊呆了，因为瓜里面竟然坐着一个又白又胖又好看的小姑娘。

孟家和姜家又惊又喜，因为两家都没有后代，他们都非常喜欢小孩儿，一直希望能有个孩子。他们一看从瓜里蹦出个小孩儿，两家人都认为得了

宝贝。他们两家人共同花钱雇了一个奶妈，精心养育着小姑娘。

两家经济条件都不错，等小姑娘十几岁的时候，他们又共同花钱请了教书先生来家里教她识字。两家人坐在一起，商量着给孩子取个好听的名字，一家提议说："既然她是咱们两家共同的后代，那就各取一个姓放在一起，就叫孟姜女吧。"大家觉得这是个好主意，都同意了。

俗话说，有苗不愁长。很快，孟姜女就长成漂亮的大姑娘了。

有一天，孟姜女和丫鬟在花园里嬉戏、捉迷藏时，突然看到葡萄架底下藏着一个人。她吓坏了，惊呼："哎呀，哎呀，不好啦！有贼来啦！"

丫鬟急忙跑过来一看，葡萄架下真的有个男人，两人正要呼救，男人赶忙爬出来说：

"别喊，别怕，现在官兵到处抓人，我是逃出来躲避的，不是坏人。"

原来，那时候秦始皇在八达岭修长城，需要人手，就在附近到处抓人。这个男人叫万喜良，他是当地一家大户人家唯一的儿子，也被列入名单了。

可是万公子平日里只会读书，从没干过体力活儿，一听说自己马上要被抓去修长城，就赶紧躲出来了。可是兵荒马乱的，能跑到哪里去呢？万喜良又饿又渴，看到这个花园，就慌忙跑进来了。

孟姜女见万喜良文质彬彬，干干净净，不像坏人，于是就带着他去见老爷。老爷简单地问了万喜良的身世，万喜良一一作答，说自己是村北人，为了逃避被抓去修长城，才落到这步田地。

老爷一看小伙子是个老实人，就同意他暂住在家里。

时间一天天地过去，孟姜女和万喜良在日常的往来中日久生情，互相爱慕对方。孟、姜两家的父母也看出万喜良是个善良踏实的小伙子，就成全了二位，让他们结为夫妻。就这样，孟姜女嫁到了夫家。

可惜好景不长，他们才刚结婚一个月，万喜良就被官府抓去了。丈夫会去哪里当差呢？孟姜女打听到，他们这批人是要到北方荒凉地带去修长城，那里天气寒冷，条件艰苦。此去一别，真是天各一方，不知归期。

孟姜女心痛不已，到了万喜良临走那一天，她和公婆一起为丈夫送行。送行的有很多人，大家都哭成一团，嘴里说着保重，手牵着手不忍分开……

最后，在官兵的催促下，万喜良跟随大部队出发了。丈夫走后的日子，孟姜女强忍着悲痛，精心地伺候着公婆。公婆虽然不能天天看到儿子，但有这么孝顺的儿媳妇，也很欣慰，把她当自己闺女一样疼爱。

一家人本指望万喜良出去两年就回来了，可是好几年过去了，万喜良仍毫无音讯。孟姜女到处打听他的下落，却没有任何收获。后来，她索性天天坐在村北口守着，逢人就问，人人都摇头，偶有几个和万喜良一样被抓去修长城的人回来，问他们见没见过万喜良，他们都摇头说没见过。

孟姜女所有的希望都落空了，她日思夜想，担心丈夫的安危和冷暖。父母和公婆都为她担心。

就这样，一年又一年过去了，这年的冬天，天气格外寒冷，西北风吹在脸上像刀割一样。孟姜女想到在边关的丈夫，更是心如刀剜。那里会更冷，他以什么抵御风寒呢？走时带的几件衣服，恐怕早已破烂不堪了吧？当他病了，谁为他熬上一碗热汤呢？

想到这些，孟姜女就积攒了很多布料，操起剪刀，为丈夫做起棉衣来。她放了很厚很厚的棉层，用了特别细特别密的针脚。她一边做衣服，一边说着情话，让远在天边的丈夫再忍几天，她要亲自把棉衣给他送去。

棉衣很快做好了，孟姜女告别了公婆和父母，带足干粮，她要跋山涉水去给丈夫送棉衣。

她并不知道丈夫在哪儿，但她知道只要坚持向北走，就一定能找到他。为此，孟姜女日夜兼程，不畏风险，即使狂风乱舞，暴雪肆虐，她也毫不退缩；即使天昏地暗，飞沙走石，她也毫不畏惧。她只想快点走，她只想快点找到丈夫，丈夫就能少挨一会儿冻。

天寒地冻，孟姜女走一步摔一下。可她还是用手抓着地，把脚踩稳，手脚并用往前爬。她心想，就是要死，也要和丈夫死在一起。

人烟越来越稀少，她很难找到投宿的地方，只能住在破庙里，或者随便在路旁折一些树枝为自己搭一个窝。冷的时候，她就蜷缩着，抱紧包裹，就像依偎着丈夫。她一边忍受着风寒，一边回忆着和丈夫在一起时的幸福生活，心里暖暖的。

在一个飘雪的夜晚，她露宿在一座半山凉亭里。雪花漫天飞舞，漫天遍野一片银白，加深了孟姜女对丈夫的思念。她左思右想睡不着，含泪唱了起来：

正月探夫是新春，
家家户户点红灯。
人家团圆忙过节，
孟姜女丈夫造长城。

冬月探夫雪花飘，
一心要把夫君找。
长城天气多寒冷，
我夫无衣命难熬。

越往北走，她遇见越多和她一样忍受着别离之苦的人家。大家知道孟姜女跋山涉水给丈夫送棉衣后，都很佩服她的勇气，支持她的行为，为她指路，有的还托她给自己的亲人捎口信。

前方的路越来越难走了，因为地处边境，人烟稀少，到处荒芜一片，很难找到路；天气也越来越恶劣了，暴雪、大风越来越多。山高路陡，风雪连天。她常常要手脚并用才能在山石上蹒跚而行。每天她都累得上气不接下气，那几件衣服也仿佛越来越重。但所有这些艰难险阻都阻拦不了孟姜女前进的脚步，她只担心丈夫挨饿受冻，想尽快给他穿上自己做的厚厚的棉衣。

不知又走了多少天，突然有一天，她的前方突然出现了一条绵延的黑线，孟姜女心想："这应该就是万里长城了吧？啊，我就要见到丈夫了，所有吃过的苦都值了。"她高兴极了，拼尽全身的力气向前跑去。

越来越近了，那条黑线有了城墙的模样；越来越清晰了，她看到了城墙垛口。呀，果真是长城啊！只见那城墙沿着高低起伏的山岭向两边伸展出去，曲曲折折，一望无际。风刮得更猛烈了，天空一派苍凉，她看不到一个人影。人呢？修长城的人呢？丈夫呢？

孟姜女飞奔过去，来到城墙底下，抚摸着城墙，失声痛哭。

等她哭累了，她才想起应该找人问问那些修长城的人都去了哪里。但去哪里找人呢？她起身下山，找了半天，才找到一户人家。她敲敲简陋的屋门，里面走出一个老婆婆。大风中的孟姜女看起来疲惫至极。老婆婆赶紧让她进屋暖和一下。孟姜女把自己的经历都告诉了老婆婆。

听到万喜良的名字，老婆婆呜呜哭起来，说："万喜良？你是万喜良的妻子？我知道他，他和我的儿子是好朋友，他经常来帮我干活儿，多好的小伙子呀……哎，就因为这该死的长城……"

孟姜女见老婆婆哭了，心中生出不祥的预感："婆婆，我看万里长城已经修好了，他们这些修长城的人呢？又去什么地方了？"

闻听此言，老婆婆哭得更伤心了："哎，他们都没去哪里，他们还在这里，只是长眠在地下了……他们都活活累死了，埋在了这长城下……千千万万的人呀……来的时候都是活蹦乱跳的人呢……”

这简直是晴天霹雳，孟姜女顿时昏厥在地。

老太太照料她醒来，安慰她，说人死不能复生，让她回去吧。可孟姜女舍不得回去，她辞别老婆婆，回到长城城墙下，边喊着丈夫的名字，边恸哭不已。

她一边哭一边发泄着愤怒：“到底是谁害死了我丈夫？即使他死了，我也要见到他的尸骨！为他穿上我带来的棉衣。”

或许是她对丈夫的爱太深了，她一定要见到她的丈夫，她相信丈夫能听到她的哭声，相信自己能哭倒长城，她能见丈夫最后一面。

她哭啊，哭啊，也不知道哭了多久，嗓子哭哑了，眼睛哭肿了，天空的流云被她哭散了，狂风被她哭息了，周围的一切仿佛都被这哭声震惊了、感动了……她哭啊，哭啊，忽然间天崩地裂，一声巨响，万里长城竟然倒塌了，几百里城墙坍塌在地！

千千万万人成年累月修筑的长城倒塌了，这可是一件大事！这件事惊动了全国，惊动了秦始皇，他即刻派人追查到底是谁弄倒了长城。派去的人向他禀报是一个叫孟姜女的民妇哭丈夫给哭倒的。秦始皇非常气愤，觉得这一定是个妖女，便派人把孟姜女抓住，打算重重治罪，以车裂处死。可当差役把孟姜女抓到他面前，他一看孟姜女长得如此美丽，就改了主意，说只要她答应嫁给他，就免她一死。

做他这个仇人的妃子？孟姜女闻听此言，冷冷地笑着。之后，她说，如果他能把万喜良和其他人的尸首都找出来，好好安葬并亲自祭奠，她就答应他。

秦始皇急于娶到孟姜女，觉得这个条件并不难，就一口答应了。

秦始皇让人把万喜良和其他人的尸首从坍塌的城墙下找出来，孟姜女终于看到了她的丈夫。她急忙奔上前，揽住他，痛哭不止。她从包裹里拿出棉衣，郑重地给他穿上，仿佛完成了自己的使命。

秦始皇按照承诺，安排了隆重的葬礼并亲自拜奠。

葬礼完毕，秦始皇走上前，想扶起跪在地上的孟姜女，没想到孟姜女却给了他一记耳光。之后，孟姜女起身撞在旁边的一块山石上，结束了自己的生命，和丈夫一起长眠于九泉之下。

司马相如与卓文君

司马相如，字长卿，家贫，没有什么产业，但和临邛县令王吉素来相好。

一天，王吉来招呼司马相如道："长卿，你东奔西走，都不能得意，穷到如此，还不如到我这里来。"于是司马相如到临邛县去，先住在都亭中，临邛县令故意做出恭敬的样子，天天去拜访司马相如。司马相如也故意摆起架子。起初司马相如还见一见王吉，后来就推说有病，只叫底下人代他见客，王吉的态度却更加恭敬。

临邛县这个地方多是有钱的人，卓王孙尤其富有，家有八百人。此外程家和郑家也有家童几百人。这些富翁听说王吉有一位贵客，便设宴欢迎，并请王吉作陪。

卓王孙请客，来宾有一百多人，等到日中，司马相如推说有病，还不曾来，王吉就自己去迎接司马相如，司马相如才迟迟而来。相如一到，满座的宾客无不倾慕他的丰采。

大家都喝醉了酒，临邛令便向前奏琴道："听说长卿爱好此物，

愿一献丑！”司马相如谢不敢当，也奏了一两曲。

卓王孙有个女儿，名叫卓文君，丈夫刚去世，留在家中，她也爱好奏琴。司马相如时常乘马出入，态度雍容娴雅，相貌很是华美。这次在卓家奏琴的时候，卓文君从门后偷看着他，非常心爱，唯恐嫁不到司马相如这样的人才。

散席后，司马相如背地叫人重赐卓文君左右，让他们替自己传达对卓文君的深情。卓文君就在夜间，投奔到司马相如寓所，和他一同收拾行李，逃归成都。司马相如家除四壁外，真穷得一点东西也没有。

卓王孙知道这事后，气得不得了，说：“这个不争气的女儿，我虽不忍心杀她，但我的钱，是一分也不愿分给她的。”

卓文君和司马相如住在成都好久，日子过得实在清苦，于是她和司马相如说道：“我们俩还是回临邛县去，到了临邛县，从我兄弟们那里借一点钱财，也可度日，何必这样受苦呢？”因此司马相如和卓文君同回临邛县，将车马尽数卖去，开设一家酒店，让卓文君管店，司马相如自己穿着短脚裤，和小伙计们当街洗涤碗筷。

卓王孙看见司马相如和卓文君这样不顾体面，恐怕人说闲话，不敢出来。兄弟们却都来劝卓王孙道：“卓家所缺的不是金钱，现在文君既嫁了司马长卿，长卿原是一个多才有学问的人，虽是贫苦，但是他的才能还是靠得住的，而且又是王吉的贵客，何必这样看不起他呢？”

卓王孙不得已，就分给卓文君童仆一百人，钱百万，以及她嫁时的衣服财物等。卓文君于是和司马相如满载而归，再次来到成都，买了田宅大院，过上了富人的生活。

卜式牧羊

卜式家以种田、牧畜为业。

卜式等到他弟弟长大了，就脱离家庭，把所有田宅财物都给了他弟弟，他只要了一百多只羊，入山牧畜。

过了十多年，羊有一千多只了，卜式于是买田宅，成了富家。他的弟弟这时却已破产，卜式又屡次分财产给他。

当时汉正和匈奴有战事，费用浩大，卜式就上书政府，情愿将半数私有财产助作军饷。

皇上很以为奇，使人问卜式道："你要做什么官？"卜式道："我从小是牧羊的，不懂做官，我不要做官！"又问卜式道："你家莫非有冤枉的事想要申诉？"卜式道："我生平不和人争。乡人穷的，我借钱给他们；有不驯良的，我好好地教他。我所居住的地方，居民都很服从我，我能有什么冤枉？"又问他道："那么，你究竟想要些什么呢？"卜式道："现在皇上讨伐匈奴，我以为有才勇的，当赴前敌；有钱财的，当助军饷。照这样儿，那匈奴就可灭了。"

使人回来，将情况告诉了皇上，一面又和丞相说，意思是要奖赏卜式。丞相道："这个人不近人情，不是真规矩人，愿皇上不要奖赏他。"

过了几年，因为浑邪等投降过来，县官费用大，钱谷两空，那些贫民多流离迁徙，靠县官救济。县官正苦没法对付，卜式又拿钱二十万给河南太守转发给流民。

河南太守将捐钱救贫的富人详报皇上，皇上看到卜式的姓名，知道他曾愿捐出家财半数，于是将四百人的更赋钱（约合十二万钱）赏赐给卜式。卜式又将这笔更赋钱捐给官府。

这时社会上有钱的富人，都是非常鄙吝的守财奴，唯独卜式肯如此慷慨捐助，皇上于是相信卜式确实是一个君子，就拜卜式为中郎，赐爵左庶长、田十顷，并将他的姓名事迹，布告天下以为百姓们的表率。

当时卜式不愿做官，皇上说道："我有羊在上林，想让你去牧养啊！"卜式于是做了牧羊的官，穿了布衣、草鞋，在上林牧羊。

过了一年多，羊既肥大，又多生产，皇上见了非常赞许他。卜式道："不但牧羊如此，就是治民，也是一样的道理。羊的起居，要有一定时间；有病的羊，就除去不使败群。"皇上听了他的话，以为很是有理，就叫他试治百姓，拜他为缑氏（今河南偃师）令。

大侠郭解

郭解是西汉河内人，为人轻财仗义，是一个豪侠。有几件事，从中可见一二。

他姐姐的儿子依仗着郭解的势力，横行乡里。他和人喝酒，用大杯劝酒，那人喝不下，就强逼灌酒。那人恼怒起来，就刺杀了他，逃走了。

郭解的姐姐怒道："有郭解在这里，竟有人杀了我的儿子，现在竟然连凶手都捉不到。"就将尸首放在路旁，不葬，意思是要羞辱郭解。郭解使人探得凶手所在，凶手知道不能再躲避了，就亲自到郭解面前，将实情告诉了郭解。郭解说道："如此，你应该杀他，这是我的外甥不好，你没有罪，你去吧！我自己将外甥收葬好了。"

郭解出门的时候，人多回避，只有一个人很傲慢地横坐着看。郭解问他姓甚名谁，左右的人就将他捉起来想杀了他。郭解说："同在一处住的人，见我不敬，这是我不修道德的缘故，他有什么罪呢？"

洛阳人有互相结仇的，地方上的人们为他们从中调解的，不下几十人，他们终不肯听。于是去见郭解，郭解连夜走到那结仇的家里，从事调解。那结仇的都一一听从了。郭解和那结仇的说道："我听说你们的事，在洛阳的诸位绅士先生，都从中调解过的，你们都不听，现在居然肯听我，我是何等荣幸。不过我是别县人，到此处来管事，不是僭越了吗？"就连夜回去，不使人家知道，并且说道："待我去后，你们仍请洛阳的人们从中调解，听他们的话就是了。"

乐羊子妻

有一天，乐羊子在路上拾得一块金子，心里非常愉快，回家后便送给他的妻子。

照理，他的妻子应该高兴，可是她却闷闷不乐，对乐羊子说："我曾经听说，志士不饮盗泉之水，廉士不受嗟来之食。意思就是：有志气的人，嘴里虽渴，即使找不着水也决不喝匪窟里的泉水；廉洁的人，肚里虽饥，找不着食物，可是没有礼貌地给他食物，他也不愿意去吃的。况且，你拾得的金子，是人家遗失的，现在人家或许还在寻找，你却偷偷地拿来，当作自己的了，怎么说得过去呢？"

乐羊子听了，非常惭愧，便拿了金子出门，把它放在原处。他从此便访寻良师，立志读书，过了一年，才回家来。

这时候，他的妻子正在织帛，问他回家的原因。乐羊子答道："我出门太久，不免怀念，没有别的原因。"他的妻子随即拿了一把剪刀，指着织机，对乐羊子说："这匹帛，最初由蚕结茧，由茧缫丝，再由丝用机杼织成为帛。积一缕一缕的丝织成了一寸，积一寸一寸的丝织成了一尺，这样，积尺成丈，积丈成匹。假使我把这匹帛剪断了，岂非白费光阴，枉抛心力？你在外读书，要知道学问无穷，即使天天用功，尚且研究不完。学业未成，中途回家，这和我剪断这匹将成的帛，有什么两样？”

乐羊子听了妻子的教训，便出门继续求学。他的妻子在家操劳，孝养婆婆，不辞劳苦。她又常常把饭菜送给乐羊子，使他安心读书，不必照顾家事。七年之后，乐羊子终于学成了。

兄弟让产

有许武、许晏、许普兄弟三人，许武是长兄，品学兼优，他经常教育两位弟弟，极费苦心。

汉明帝时，会稽太守第五伦把他的行状奏闻政府，举他为孝廉。许武这才有了做官的资格。许武自己虽然举了孝廉，可是他的两位弟弟依然耕种度日，尚未成名。

他于是向弟弟要求分居，把家中所有的财产分作三份。凡是肥沃的田地和高大的屋子，都由自己占有了；强壮的奴仆，也归他自己使用；许晏、许普所得的，只是些薄田破屋，以及不堪役使的奴仆，但他俩并不计较。

乡里人都讥笑许武的刻薄贪婪，称赞许晏、许普的宽大谦让，有的人便把这事告诉官厅。结果，他们俩也都举了孝廉。

许武见两位弟弟都已得了官职，心中当然十分愉快。于是邀集了亲族邻里们，当众宣布自己的苦衷，他说：“我做长兄，并无什么才能。从前举孝廉的时候，因为两位弟弟尚未成立，所以我借了分居的事由，自己取得良田大宅，把其余的分给他们。这样，使他们有让产的美名，博得人家的称誉，他俩竟因此都举了孝廉。我自己呢，却因此受人唾骂，直到今天。现在我的产业，经逐年的扩充，比从前增长有三倍之多。我情愿完全把它拿出来，让给两位弟弟，我自己一点也不要。”

大家听了这话，对于他的友爱之情，更表示十二分的钦佩。

“贾子”“贾女”

汉桓帝时，有一个县令，名叫贾彪。他待百姓极好。县里家境贫困的，原来有种坏风俗：凡是子女刚出世的，就把他们溺死。因此县里人口减少，生产凋敝。

贾彪到任后，首先下令，严禁这种恶俗：凡是溺死子女的，一经查明，便要判杀人罪。恰值这时候，城南地方发生强盗劫财害命的事件，城北地方发生妇人杀子的事件。

贾彪带了吏，到出事地点去勘验。掾吏主张先到城南，后到城北。贾彪却主张先到城北，后到城南。他说强盗杀人，不足为奇；母子相残，大背人道。便先到城北勘验，查明确实情形，就把那妇人斩首示众。城南的强盗，得此消息，用绳子缚住自己的手，连忙去官厅自首。

从此民间的穷苦孩子便有了保障，人口也增多了。他们都说：“这些老百姓，都是靠了贾父（指贾彪）的福，才得生长的。”人们便把所生的男孩子称作“贾子”，把所生的女孩子称作“贾女”，用以纪念贾彪的功德。

感化偷牛贼

汉朝的王烈人品很高尚，办事很公正，乡里的人很敬重他。

有一次，一个偷牛贼被牛主人拘获了，那贼恳求道："我情愿到官厅去受刑罚，不可被王彦方（王烈，字彦方）知道。"

但是这件事还是瞒不过人，最终被王烈知道了，他便派人给那偷牛贼送了一匹布。旁人问王烈是什么意思，王烈说："那个偷牛贼恐怕被我知道，可见他做错了事，自己也觉得有些难为情。这样的人，将来也许会改过的，所以我送他一匹布，使他更加觉得惭愧，从此做个好人。"

又有一次，有一老翁在路上行走，遗失一口宝剑。同时有一个客人，经过这地方，被他拾到了。他便守着宝剑，等候那失主来找寻。一会儿，那老翁果然来到原处，找寻宝剑，客人便把宝剑还给他。老翁非常感激他，回去就把这事儿告诉了王烈。王烈听了，觉得非常奇怪，经他调查了几次，才知道那位还剑的客人，就是从前那个偷牛贼。

王忳义不受金

王忳是汉朝人，有一年，他到洛阳去，在路旁空屋中发现有一个书生躺在床上。只见书生面容憔悴，情景凄凉。书生对他说：“我是到洛阳去的旅客，不幸在中途得了病，病得很重，不久快要死了。我的身边还有十斤金子，现在送给你吧！不过，我有一件事要恳求你：等我死了以后，要请你把我的尸体收殓一下！”王忳正要问他的姓名，那书生已不会说话了。当时在他的身边，果然找到了十斤金子，王忳就用一斤金子，买了一口棺木，把他盛殓、掩埋了；把其余的金子，都埋在棺底泥土中。

几年以后，王忳回到本乡，做了亭长。一天，不知从哪里跑来一匹马，闯入亭中；又有条绣被，也不知是谁家的，被大风吹来，落在王忳的面前。王忳不敢收受，当即据情报告县官。

县官就将那匹马和一条被，断给了王忳。王忳后来骑了这匹马，到雒县去，突然那匹马竟不听指挥，闯进一户人家的屋子里。那家主人一见它就惊喜交集，连忙问王忳道：“这匹马，你从哪里得来的？”王忳照实说了，并且连那绣被飘来的事情，也都说了出

来。主人大为诧异，说道："马和绣被，原都是我家的东西，有一天，一起被飓风吹去了的。想来你一定有什么阴功积德，所以才会得到这两件东西。"

这时候，王忳自己也莫名其妙，想了一会儿，才记起埋葬书生的事，因此，便把这经过完全说了出来。主人听了，大吃一惊，立刻掉下了眼泪来，哭着说道："那书生就是我的儿子啊！他姓金名彦，几年以前，因为到洛阳去，就此没有回来，不料先生已经把他埋葬了。这种恩德，我还不曾报谢，今天先生被马驮着到这里来，莫非是天意吗？"王忳便将马和绣被还给主人，主人不但不要，并且还要送他些金子做谢礼，王忳哪肯收受。

主人格外感激王忳的高谊，便把这事的经过情形，报告县官。经县官批准，叫王忳告了几天假，陪着主人，一同到埋葬书生的地方，迎接尸棺回乡。到了目的地，发现棺底的金子仍完好无损，因此主人愈加钦佩王忳的诚实不欺。王忳的声誉，从此传播远近了。

诸葛亮求婚

诸葛亮是三国时期蜀汉的丞相，是杰出的政治家、军事家、文学家、书法家、发明家。

诸葛亮年轻时就聪明过人、才华横溢，诗词歌赋出口成章，琴棋书画样样精通，加上一表人才，风度翩翩，这样一个有才华的人，很多大户人家都想把姑娘嫁给他，前来提亲的媒婆络绎不绝，门槛都快要被踏平了。媒婆介绍了无数个姑娘，他一个都没相中。有些热心张罗的人不耐烦了，就对诸葛亮非常不满，总是背后议论，想等着哪天诸葛亮挑花眼挑个丑八怪，他们好看笑话。

诸葛亮根本不把这些闲言碎语放在心里，照样每天安心读书，修身养性。有一天，诸葛亮正在书房读书，忽然看见书柜下有几页纸，就捡了起来。当时他的老师黄承彦住在诸葛亮家里，黄老师是南郡大士蔡讽的女婿，是当时沔阳名士，与襄阳名士庞统、庞德公、司马徽、徐庶等人交好，所以书房里有很多其他名士的字纸。

诸葛亮拿着这几页纸，还没看见内容，就被纸上的字给迷住了。那字写得太好了，娟秀有力，再看内容，也很优美，有家国情怀，通篇绽放着智慧的光芒。这几张纸把诸葛亮深深地吸引住了，他一口气看完，仍意犹未尽。当他翻到结尾，只见上面写着"女儿顿首"四个字，恍然大悟："哦，原来这是师妹的杰作呀！"

一想到师妹，诸葛亮思绪纷飞，他以前早就听人说过师妹聪颖异常，才华横溢，但自己从来没当回事。今日通过这几页纸，诸葛亮深受震撼，想自己若能娶到这样明理的女子，夫妻二人肯定能志同道合，举案齐眉，共同为兴复汉室而努力。

诸葛亮又转念一想，谁能为自己做媒呢？老师虽然就在身边，但他不好意思开口。诸葛亮想来想去，觉得自己的嫂嫂是个不错的人选。

诸葛亮找到嫂嫂，把想请她做媒的事说了。嫂嫂本就一直操心他的婚事，经常催促他早早定下终身大事，可诸葛亮并不热心，见今天他竟主动提起，很是高兴，忙问："是哪家的千金小姐打动了你？"诸葛亮回答："是黄老师的女儿。"一听这话，嫂嫂收回笑容，说："我可听人说过，黄承彦的女儿是个黄毛丫头，个子矮，皮肤黑，出名的丑，你怎么想到要娶她呢？"诸葛亮回答："我不在乎相貌。我在乎的是她的才华，我觉得她和我很般配，我非她不娶。"见诸葛亮决心已下，嫂嫂只好答应为他提亲。

嫂嫂找到黄承彦，说明了诸葛亮的心意，黄承彦说："我也觉得这是桩好事，但还是需要回河阳与女儿商量一下，听听女儿的意思。"

嫂嫂把黄老师的话转告给诸葛亮，诸葛亮就如坐针毡地等待着。

黄承彦离开诸葛亮家，回到河阳，把诸葛亮的意思告诉了女儿。女儿羞红了脸，表示早就听人说诸葛亮有过人的才华，对他很有好感，当场表示同意，但还是想要考验他一下。

于是，在女儿的要求下，黄承彦给诸葛亮写了一封信，要诸葛亮到河阳来一趟。诸葛亮立即动身，一刻不敢耽搁，马不停蹄地从襄阳赶到河阳。当天晚上，黄承彦摆酒款待弟子。席间，黄承彦对诸葛亮说："我女儿要求你求婚时，一定要你一人去后花园。你知道的，我那个女儿古灵精怪的，各种点子让人捉摸不透。你去花园的时候，要经过一道铁门，她在铁门内不知安放了什么机关，稍有不慎你就有可能受伤甚至丧命，你敢不敢去？"诸葛亮信心十足，觉得自己肯定能完成挑战，于是坚定地回答："我愿意。既然师妹发出邀请，我必然要准时赴约。别说区区一道铁门，就是再大的困难我也在所不辞！"

见诸葛亮如此坚决，黄承彦就安排诸葛亮早点休息，让他明天早起与女儿见面。"不过，你可千万要小心呀！我那个闺女调皮得很呢。"黄老师仍放心不下，一遍遍地叮嘱他。

诸葛亮并没有早早睡觉，为了赢得芳心，他要做足准备。他躺在床上翻来覆去想应对之策："师妹会用什么来考验我呢？听人说，师妹善机巧，会用铁、木做成动物形状的武器，威力十足，这次她安放的机关，可能也是这些。这难不倒我，只要我小心一些，机敏一些，定会没事。"想到这里，他便踏实睡去。

第二天一早，诸葛亮早早起床，吃过早饭，理好衣冠，朝花园信步而来。

诸葛亮很快来到后院，那里静悄悄的，两扇铁门没关，看得见花园里花木扶疏，并无任何异样。此情此景，让他不由得以为师妹不过是在和他开玩笑，于是准备跨进门槛，到花园里找师妹。

可他刚一迈腿，忽听门内传出一声狂啸，一只吓人的猛虎从门后冲出来，朝他扑过来。说时迟，那时快，诸葛亮迅速一闪，躲过了。猛虎不肯善罢甘休，又扑过来，诸葛亮又快速躲过。成功躲过几个回合后，诸葛亮已经精疲力竭，可猛虎还在继续扑来扑去。诸葛亮躲来躲去，冲到老虎身后，躲到一处墙角，猛虎转头，又朝他迎面扑来。这一次，诸葛亮力不从心，眼瞅着躲不过，就在这危急时刻，猛虎却因转头太快而咣一下撞到墙上。

墙因这一撞而砖石四溅，同时，猛虎轰隆一声摔倒在地，一动不动了。诸葛亮小心翼翼地凑上去一看，才发现那是一只假老虎，是用木头、铁块、钢架做的，但制造精巧，足能以假乱真。由此，他更佩服师妹的才能了。

现在，“猛虎”倒地了，诸葛亮觉得自己通过了师妹的考核，非常高兴，便飞快地朝花园走去。

园中绿草如茵，花团锦簇，蝴蝶翩翩，观鱼池内碧波荡漾，假山上泉水叮咚，亭台楼榭一应俱全，整座花园非常秀美。此情此景，让诸葛亮先前的疲惫和惊恐一扫而光，心情大好。正走着，一个丫鬟从花丛中走出来迎接他。在丫鬟的带领下，诸葛亮来到楼前，眼前是一个正手捧书卷的美丽背影，想必这就是黄小姐了。诸葛亮礼貌地上前，一边施礼一边说："师妹，在下诸葛亮，久仰师妹大名。"

听到有人来，黄小姐转身，还礼让座。黄小姐这一转身，诸葛亮差点惊倒，因为他发现黄小姐太漂亮了，这哪里是个黄发、黑肤、矮个子的丑八怪啊，简直就是世间少有的典雅美人！

后来，诸葛亮才知道，黄小姐之所以拿"老虎"机关考验诸葛亮，一是考验他的真心；二是考验他的机智。而之所以她明明长得这么美，却丑名在外，是因为黄小姐和诸葛亮一样，不喜欢只贪图美貌的轻浮的纨绔公子，只想找一个不慕虚荣有才华的郎君。

两人婚后生活得很幸福。再后来，诸葛亮随刘备出山，一直四处征战，妻子就在家里辛勤操持家务，抚养、教育孩子成长。

后来人们总结诸葛亮的婚事，常这样感慨：一不能道听途说；二不能以貌取人，还是要亲自体验，眼见为实。其实，不仅婚事，很多事都是如此。

会驱蚊虫的小猎狗

从前，有个读书人，名叫徐原，他自幼聪慧，被人称为神童。

亲朋好友都非常看好他，觉得他是个读书的料，长大后肯定能当大官。

十八岁那年，徐原决定上京赶考。但参加考试之前，为了备考，徐原到深山老林里找了座老庙，那座庙没什么香火，非常冷清，但这恰恰符合徐原的要求。

他挑了一间朝阳的客房，简单打扫一下就住下了。

这座庙是木质结构的，由于多年没有人居住，再加上年久失修，柱子、屋梁、窗、门等都被虫子蛀了，还有被水泡坏的，到了夏天的晚上，蟑螂、蚂蚁、跳蚤、蚊子等都会从四面八方跑出来，让徐原不胜其烦，根本无法安心读书。

睡觉的时候就更不用提了，虫子在他身上爬来爬去，有的还钻进他的耳朵里，害得他怎么睡也睡不好。

徐原十分崩溃，他不知道如何解决这个难题。

有天夜里，难得刮了一阵凉风，没那么热了，徐原好不容易才睡着，到了半夜他突然觉得有什么东西在他头发中动来动去。

他以为又有什么虫子来捣乱了，于是勉强睁开眼，点上灯，发现根本不是什么虫子，而是一个拇指般大小的小人，在他枕边动来动去。徐原吓得起了一身鸡皮疙瘩。

这小人既不怕人，也不怕灯光。徐原睁大眼睛细看，才发现他正聚精会神地和蚊子打架呢。他身上的盔甲闪闪发亮，头上是两根颜色鲜艳的羽毛，俨然一个小武士。

小武士三下五除二就把蚊子杀死了，又伸长脖子寻找下一个目标，头顶上的两根羽毛也在灯光下晃来晃去，威风凛凛。

一会儿，又飞来一只小猎鹰，在空中飞了三圈儿，突然从空中冲了下来，不偏不倚地落在小武士的手臂上。

真是好玩极了，这只雄赳赳的小猎鹰，竟然只有一只苍蝇那么大。

徐原也不困了，但他怕惊动小人，眯缝着眼睛，等待着接下来的精彩瞬间。

忽然，从床板另一头又飞快地蹿出一个大胡子武士，他满脸络腮胡，脸色黝黑。这个小武士比刚才那个更威风，他还背着装备呢，是一张几乎和他一样高的弓。他还有自己的战马，是一匹白色的骏马，那马看起来和刚出壳的小鸡那么大。

大胡子武士身旁跟着一只可爱的小猎狗，小猎狗长着一身黑亮的毛，灵活地跑来跑去，特别可爱。

两个小武士在枕头上对视了一阵儿，然后大胡子武士跳到高处，拿起弓箭向天空一挥，整个屋子沸腾了，不知从哪里跑出来好几百个骑马的小武士和几十只小猎狗，小武士个个张弓搭箭，拍马快跑，小猎狗到处窜来窜去，东闻闻，西嗅嗅。

气氛烘托好了，大胡子武士发话了，他宣布："狩猎大会现在开始！"

大胡子武士话音刚落，所有的人马都行动起来，有的奔跑，有的跳跃，有的翻滚，有的……

最勇猛的要数小猎狗了，它勇敢地狂吠着，把犄角旮旯里的所有的虫子全部赶出来，小武士便射出箭，竟能百发百中！狡猾的蚊子不甘示弱，对着小武士俯冲下来，要吸食小武士的血，但都没有得逞，反而丧了命。逃过弓箭的虫子，也立刻被在空中盘旋的小猎鹰又准又狠地抓住咬死。

小武士打起仗真是认真又精准，连徐原的鼻孔、耳朵、衣服、裤子及鞋子里都不放过，这多亏了小猎狗的鼻子灵，它们在徐原的身体和鞋子上来回嗅来嗅去的，把蚊虫驱赶出来，供小武士猎杀。

这时候；只见一辆金黄色的马车从天而降，正落在徐原的床中央。之后，车门轻轻打开，一个面色红润的老人走了出来，他黄袍加身，头上戴着华丽的帽子，威风凛凛。众武士看到他，纷纷下跪，高呼"吾皇万岁！"毫无疑问，这一定是皇帝咯。

大胡子武士双手举着一只大蜘蛛和一只大苍蝇，双膝跪地，向皇帝禀报："陛下，欢迎您来参加今天的狩猎大会。您看，我们都收获不小，这是我献给陛下的礼物！"

皇帝接过礼物，笑着点点头。其他的小武士也纷纷上前，都献出了自己的猎物。就这样，马车前堆满了蚊子、跳蚤、苍蝇……

皇帝吩咐随从马上将这些猎物运走，然后说：“今天是个好日子，我非常开心，下面大家都到紫石潭去集合，我为大家表演钓鱼！”

“紫石潭”在哪里呢？大家表示不明白，于是皇帝的侍卫就指了指东窗下徐原的书桌。原来是那里。于是大家就围在书桌旁，只见侍从为皇帝快速准备好钓竿，然后搀扶着他爬到桌面的砚台上。那紫石做的砚池里盛满了水，皇帝坐在墨条上，非常标准地抛出钓鱼线。不一会儿就钓上来好多色彩斑斓的鱼虾，皇帝脸上露出满意的笑容。

接下来，大家载歌载舞，开始狂欢，为皇帝庆祝。大概持续了一刻钟，皇帝才满意地下令回宫，于是那好几百个小人儿、小马、小狗、小鹰，都像风一样嗖的一下消失不见了。

这时徐原醒了，他翻身下床，揉揉惺忪的眼睛，在屋子里细细看着——屋里还和他睡前一样，没有任何异样，于是他自言自语道：“没有动物活动过的踪迹啊，刚才那一切难道是梦？”他又躺下，想接着睡，突然看到那只浑身黑亮的小猎狗正站在他的枕头上，摇着尾巴看着他呢。

徐原轻轻地把小猎狗抱起来，小猎狗一点都不躲闪，还亲热地舔了他的脸。徐原这才确定，刚才那场热闹的动物盛会不是梦，而是真的发生过！

徐原想把可爱的小猎狗留下来，和他做伴儿，于是他就在床边用小木盒做了个窝，把小猎狗养在里面。小猎狗真的把这里当成了自己的家，总是乖乖地蜷伏在盒子里。它特别安静，不给主人惹麻烦，白天自己抓小虫子吃，吃饱了就跑回砚盒里乖乖地趴着，从不乱叫。晚上徐原读书，小猎狗就依偎在他身边帮他赶蚊子和其他虫子。

有了小猎狗的守护，蚊虫再也不能接近徐原了，他终于可以安心地读书和睡觉了。

后来，徐原进京赶考，没时间照顾小猎狗，就把它留在庙里了。等他中了举人回来，第一件事就是去找小猎狗。可惜，小猎狗不见了。

徐原非常想念小猎狗，一直把它记在心里。

忠犬送信

陆机是魏晋时期的名士，他年轻的时候，很喜欢游玩打猎。他家是吴郡的豪门大族，门客献给他一只跑得很快的狗，名叫“黄耳”。陆机非常喜欢它，常把这只狗带在身边。经他耐心调教，黄耳善解人意，非常通人性。陆机曾把他借给住在三百里之外的一个朋友，这只狗居然能认路，自己只用一天时间便跑回家了。

有一次，陆机好久没与家人通信，便写了一封信要从京师寄回家乡。让谁去送这封信才能又快又安全呢？陆机想来想去，也没有合适的人选，愁得在屋子里踱来踱去，眉头紧锁。

通人性的黄耳看着亲爱的主人焦虑的样子，也不开心，它小心翼翼地趴在桌子底下，望着主人发呆，有时候也会随着主人发出哀叹的声音。

看到黄耳这副模样，陆机突然有了办法。他把黄耳抱过来，亲昵地说：“黄耳，你的特长是跑得快，还能认路，那干脆你帮我送封信回去，好吗？”

黄耳被主人委以重任，非常高兴，竟然使劲儿地点了点头，嘴里连连发出声音，似乎在说："好的，没问题。"陆机又说："这封信很重要，你要及时送到，路上千万不要贪玩。"黄耳又点了点头。于是陆机就把写好的信装进竹筒里，绑在黄耳脖子上，第二天一早好好给黄耳做了一顿饭，吃完后就让它出发了。

黄耳一走，陆机就后悔了："狗毕竟是狗，如果走丢了，也不会开口问路。如果真走丢或被歹人害了，那我岂不是要后悔一辈子？"他心里空落落的，几乎每天都站在门口望着家乡的方向，每天都担心黄耳的安全，盘算着黄耳的行程和路线。

陆机每天都站在门槛上眺望黄耳的身影，门槛都被他踏出一个坑。

到了第二十天，他继续站在门槛上看着通向家乡的路，让他惊喜的是，忠实的黄耳终于风尘仆仆地跑回来了。

陆机非常高兴，再定睛一看，黄耳的脖子上还带着信。难道信没送到？对，从这里到家乡，人往返一次需五十天，这才二十天，肯定是黄耳没找到路又回来了。哎，回来了就好，也难为它了。陆机边感慨边从黄耳脖子上取下信，再一看，这根本不是自己的那封信，是家人给他回的信。

原来，黄耳径直从驿站跑到陆机的家，口衔竹筒叫着，要陆机的家人取出信看。陆机家人打开竹筒取出书信，看过之后，狗又向家人吠叫，像是在要求家人回信。陆机家人就写了回信放在竹筒内，又系在狗的脖子上，让它带了回来。

陆机喜出望外，好好犒劳了它一顿。

后来，黄耳就经常在南北两地奔跑，为陆机传递书信，成了有名的“信使犬”。

后来，黄耳老死了，陆机像失去至亲一样难受。他用棺木将它运回家乡，在离陆家只有两百步的地方堆土作坟。村中的人都叫它“黄耳冢”。

王羲之与大白鹅

我们都知道晋代大书法家王羲之的书法很厉害，却不知他的书法造诣和一种动物有关，曾承蒙这种动物的成全。这种动物就是白鹅。

在很多动物中，王羲之独爱白鹅。因为他觉得鹅的体态、动作非常优美，特别是鹅行水的姿势，飘逸潇洒，如行云流水，又如凌波微步。假如把这种神态与动静艺术运用到书法中，定然也能产生一种栩栩如生的灵动感。

为了找到令他心仪的白鹅，王羲之可谓大费周折。

有一次，王羲之家附近有人养了一只漂亮的大白鹅，有仙鹤之姿，高贵典雅，仪态万方。于是他放下笔墨就一路小跑找到鹅主人家。鹅主人一听是大书法家王羲之来了，赶紧把他让到房间里好茶好水好好招待，谁知王羲之却无心应酬，而是来到院子里踱来踱去，东张西望，但始终不见大白鹅的踪影，反倒在院子的角落发现一堆鹅毛，再一闻，还闻到厨房飘出炖鹅肉的香味。王羲之心里咯噔一下，就问鹅主人这满地的鹅毛是怎么回事。原来，鹅主人听人说王羲之要来他家拜访，觉得十分荣幸，但因为家贫，实在没有什么可以款待，于是就把鹅杀了，想炖了鹅肉给他吃。

听了事情的原委，王羲之简直哭笑不得，他唉声叹气地说：“哎呀，真是太可惜了，我喜欢的是活的白鹅呀！”然后饭也没吃，扫兴而归。

有位道士也非常仰慕王羲之，他特别想得到王羲之的墨宝，但苦于无法接近王羲之，一直没能如愿。如今当他听说王羲之寻大白鹅失望而归的事后，突然喜出望外，心中有了一个计划。

喜欢大白鹅，那太好办了。道士立即到集市，精挑细选，买了一大群好看的白鹅回到道观养了起来。这还不算，他还每天都把白鹅赶到一个池塘让鹅游水、吃草，因为他听说王羲之经常路过这个池塘。谁知等了好几天也没等到王羲之路过，因为王羲之还在为大白鹅的事而纠结、难过，一直闭门不出。

这一天，天气宜人，王羲之又恢复散步，当他路过池塘，发现池塘里有一群洁白无瑕、自由游弋的大白鹅时，喜出望外，站在塘边出神地观看，久久不忍离去。

道士在一旁看到了，心中大喜，赶忙上前搭讪，问："请问您是不是喜欢白鹅呀？"王羲之回答："是的，喜欢得很！"

确认对方是鹅主人后，王羲之急不可待地央求："道长，您的鹅很漂亮，您能卖给我几只吗？我可以高价买。"

道士一听，正遂心愿，连忙说："这鹅您出多少钱我都不卖，但是呢，我看您确实喜爱，我就都送给您吧！"

王羲之是真心想要，但听对方要送，很不好意思，说："不行不行，我不能白拿，您不要钱，那我拿什么回报您呢？"

道士回答说："对您来说很简单。钱财对我无用，如果您真想回赠给我点什么，我这里有本《道德经》，您能否为我手书一卷？"

王羲之终于得到心心念念许久的大白鹅，高兴万分，连忙说："没问题，这太简单了，举手之劳。"

就这样，道士得到了墨宝，王羲之得到了爱鹅，二人都如愿以偿。

从此后，王羲之和大白鹅朝夕相伴，他天天坐在水池边细心观察鹅的仪态和举止，字写得越来越好。传说，他还写过一个大大的"鹅"字，字与池水交相辉映，从水中看去，宛如一只真鹅游弋在水面上。

后来，王羲之与鹅的故事被人们口口相传，流传开来。这件事传到唐代大诗人李白的耳朵里，他对这个故事也非常感兴趣，于是写了一首《送贺宾客归越》：

镜湖流水漾清波，狂客归舟逸兴多。
山阴道士如相见，应写黄庭换白鹅。

在这首诗中，李白说道士用白鹅换了王羲之手书的《黄庭经》，而据《晋书·王羲之传》记载，当时王羲之写的是《道德经》。不管写的什么书，王羲之与白鹅的故事应是最著名的书坛佳话了。

少林功夫

公元 574 年（建德三年），北周下诏灭佛、道二教。承光元年（577 年），少林寺被废，僧众四散，寺庙冷清无比。僧众中，有一位还源和尚和他的徒弟投子。

他们俩都出身贫寒，命运凄惨。他们是怎么出家的呢？

先说还源和尚吧。还源出生在穷苦人家，十二岁时就被父母送给财主家放羊，结识了财主家一个名叫小杏的丫鬟，他俩同病相怜，不堪忍受财主的虐待，决计一起逃出财主家，远走高飞。临行前，二人立下盟约，万一逃跑过程中走散，日后一定要找寻对方。

可不幸的是，两人的逃跑计划并不顺利，出逃那天夜晚，没走多远就被财主发现了，财主立马派出家丁去追。还源身体好跑得快，小杏跑得慢，很快就被追上了。她怕被财主抓回去，便对还源喊了一声“快跑！”然后扑通一声跳进眼前的淮河里。

还源忍着悲伤一直跑到阜阳，以为小杏已经被淹死了，他心灰意冷，万念俱灭，就来到少林寺出家了。

投子也是穷人家的孩子，母亲在生他的时候因难产死去，只剩下他和多病的父亲。虽然家里有点薄田，但父亲无力耕作，所以就把他送到少林寺了。

现在，少林寺被废了，他们便和大多数人一样，各自还俗回家。

还源在回乡的路上，遇到了天大的喜事——他竟然又见到了小杏！原来小杏投淮河后，并没有被淹死，而是被路过的好心人救上了岸。从此她女扮男装，隐姓埋名地活了下来。

故人重逢，分外欣喜。不久，他们便结了婚。谁知老财主听说了这件事，又派人来他家，还源从后门逃了出去，小杏被抢回地主家。性情刚烈的小杏当晚就在财主家自杀了。财主更恨还源了。他串通县衙，把一些莫须有的罪名栽赃嫁祸给还源，还贴出告示，缉拿还源。还源走投无路，流浪了三年，只好再回到少林寺避难。

可是今天的少林寺已今非昔比，破旧不堪的大门前，杂草丛生。看到这荒凉的景象，再想想自己的不幸遭遇，还源开始失声痛哭。正当他哭得伤心的时候，突然听到有人叫他“师父！”还源抬起头一看，原来是他之前的徒弟投子！两人相视无言，过了许久，紧紧地抱在一起。

拥抱过后，看着衣衫褴褛、脸脏得几乎看不见肉色的徒弟投子，还源心疼地问：“孩子，你怎么也回来了？”

顷刻间，投子泪如雨下，向师父诉说了这三年自己的悲惨遭遇。

原来，三年前，投子从少林寺回家，当时父亲年事已高，投子也长成了少年，父子俩守着点薄田，每日劳作，勉强度日。此时，当地有农民起义军在活动。起义军劫富济贫的壮举打动了投子父子，他们很支持起义军，为起义军提供了一些食宿方便。可当地的财主对起义军恨之入骨，等起义军被官府镇压后，财主便去告官，说投子父子俩勾结起义军。他的父亲被官府抓走，被活活打死。投子为了活命，逃了出来。可外面兵荒马乱，难以谋生，他只好又回到少林寺。

这对苦命的师徒决定相依为命，在这里活下去。他们开荒种地，经过一个春天的劳作，庄稼长势喜人。秋天到了，他们收获了很多粮食，足够他们师徒吃，于是就留出口粮，把剩下的粮食拿到集市上卖了，很快就攒了一些钱。

可惜好景不长，一天，投子去山上砍柴，不慎被石头磕伤了脚，而当天夜里，他们家也进了贼，把他们辛苦攒的钱偷了。师父出去追贼的时候，结果一出门就撞到大树上，摔了一跤，贼跑了，师父的腿也伤了。

真是祸不单行啊，师徒俩又气又恼。他们想起各自的伤心往事，都想发泄出内心的愤懑。

每当看到石头，投子就想起是石头伤了自己的脚，于是就使劲儿踢石头。见石头就踢，天天如此。时间长了，脚不但不疼了，还把门口的一块大石头踢出来一个坑。他继续坚持，最后竟然能一脚踢飞一百多斤重的大石头，腿脚也不会受伤。

还源的发泄对象是那棵碰倒他的大树，他一看见它就像看到了那个可恶的贼，恨得牙痒痒，于是就一拳一拳地砸树。一开始打得手疼，时间一长，手上磨出一层茧，也不觉得疼了，还把大树砸得摇摇晃晃。

很快到了第二年夏初，麦子成熟了，二人打麦时找不到石碾，需要把山坡下一个离家很远的石碾推来用。

“投子，明天咱们一块去把那个石碾推来吧。”还源对投子说。

可投子一听，摆摆手，自信满满地说：“师父，你就在场院等着吧，我一脚就能把它踢过来。”石碾很重，还是上坡，还源当然不信。在师父疑惑的目光下，投子信步走到坡下，来到石碾面前，抬脚一踢，只见石碾向着他们场院的方向，如同石子般轻巧地飞上空中。还源惊呆了，知道徒弟功夫了得。

很快，夏天到了，正值雨季，他们住的房子漏雨了，需要木材修房子。可是怎么砍树呢？投子说：“师父，我去山下村里借把锯子或斧头吧？”可师父却说：“你等着，不用那么费劲，看我的！”于是他走到门口，撸起袖子，挥拳捶向大树，只听大树发出一声巨大的嘎巴声，枝叶摇落，树干倒向地面。投子对师父的功夫也羡慕不已，不停地鼓掌。

这下，师徒二人知道如何练功了。他们愈发刻苦练习，还向其他武艺高强的人学习，功夫日渐精深，再也不怕野兽和盗贼的侵扰了。

580 年（大象二年），周静帝下诏重兴佛道二教，少林寺复立。那些之前被遣返还俗的和尚，很多又回来了。随着寺院的兴盛，僧人越来越多。由于还源、投子师徒二人一直在这里习武，又把寺院收拾得井井有条，得到了大家的尊敬，被大家尊为司主和藏主。

到隋朝年间，隋文帝下诏将柏谷屯一百顷田地赐给少林寺，并鼓励他们把武功发扬光大。少林寺僧人没有辜负皇帝的厚爱，他们勤学苦修，逐步形成一套完整的少林拳法。

唐高祖武德三年（620 年），少林寺昙宗、志操等十三僧帮助李世民击溃敌人，李世民对他们隆重嘉奖，封昙宗和尚为大将军；宋朝皇帝经常调遣诸州名将轮驻少林寺；明朝嘉靖年间，少林寺也曾派出僧兵前往浙江沿海，协助抗倭名将戚继光抗击倭寇……少林寺和少林武术扬名于世，威震四方，寺院也几度兴旺，僧众数量不断增多。

被仙鹤成全的爱情故事

靺鞨族自古繁衍生息在东北地区。据史料记载，其先世可追溯到商周时的“肃慎”和战国时的“挹娄”。北魏称“勿吉”，隋唐时称“靺羯”，五代时改称女真。

这个故事发生在唐开元年间。当时，勤劳勇敢的靺鞨人主要以渔猎为生，经济比较发达，人民安居乐业。

玄宗末年，因为宦官权力的膨胀，朝廷大乱，宦官在朝中大权在握，遂让靺鞨族向朝廷进贡。一开始进贡的贡品主要是上好的鹿茸、香料，但渐渐地，朝廷对这些贡品不感兴趣了，要求每年的五月十五前还必须献上一对活仙鹤，一雌一雄，以此为皇室祈福。他们的首领不敢得罪皇室，为了完成皇帝的命令，置百姓的死活于不顾，搜刮民脂民膏，弄得民不聊生。

谁都知道，比起名贵药材和香料，活仙鹤很难捕到。因为这种动物只生长在一片芦苇荡里，那就是嫩江和其右岸最大支流洮儿河的交汇处。而且，只有在仙鹤繁殖期间才有可能捕获到，其他时间很难捕到它们。更有难度的是，成双的仙鹤，无论哪一只离开或死去，另一只都忠贞不渝，最后会哀伤致死。所以，要想抓住一雌一雄两只仙鹤，就要抓一对夫妻鹤，否则，抓到后也活不长久。而这，更增加了抓捕的难度。

可是，为了能交差，首领要求周围一带的猎人们每年轮流上交一对活仙鹤，交不上者，格杀勿论。很多猎人因此丧命。

当地有个知名的老猎人，名叫莫尔根，他年轻时猎术高超，几乎没有什么猎物是他搞不到的。可是今年就轮到他交贡品了，让他很是发愁。作为一个老猎人，他深知，一对一雌一雄的活仙鹤可不是那么好抓的。而且时间也不等人，必须在五月十五前交上，逾期就杀头。莫尔根倒不是怕死，他自己死不足惜，可是他还有个小女儿，才十八岁，父女俩一直相依为命，艰苦度日。

时间一天天地过去了，离交差的期限越来越近了，可还是没有捕猎仙鹤的机会。这些日子以来，莫尔根吃不好、睡不好，女儿海兰看在眼里，急在心里。

一天夜里，直到天快亮时，海兰才迷迷糊糊刚想入睡，可窗外一阵啪啪的声音把她惊醒了。她披衣下床，朝发出声音的芦苇荡悄悄走去。走到近前，声音更大了。她屏息静气，慢慢拨开芦苇，发现前方不远的地方，有一对漂亮的仙鹤正在翩翩起舞。

海兰心里一阵狂喜，她转身回到家中，没有叫醒父亲，拿着罩网就向这两只鹤匍匐而来。离得越来越近了，海兰都能看清那羽毛上闪耀的晨曦了，只见她手一扬，迅速把罩网一撒，啪嗒一声，把这对仙鹤罩了个正着。海兰对着仙鹤抱歉地说："美丽的仙鹤，善良的仙鹤，我实在不忍心捉你们，但现在实在没有办法

了，请你们原谅我，希望你们以后去了皇宫，能幸福平安地生活下去。”

海兰赶紧把两只仙鹤从罩网下抓出来，在它们的双脚上拴上红布条，兴冲冲地回家叫醒父亲给他看。父亲睁眼看见两只仙鹤，惊喜异常，多日的愁云烟消云散。

为了能尽快交差，父女俩一刻都没有耽搁，一人抱着一只鹤，急忙向都督府走去。

他们刚穿过一片芦苇荡，来到一条土路上，这时，不知从哪个方向飞来一只凶猛的鹰，它急速冲下，直奔海兰，一口就把那只雌鹤叼走了。等他们回过神来，鹰已飞上高空，莫尔根匆忙放下另一只鹤，搭弓上箭，可没等箭射上去，就听嗖的一声，那只鹰一声哀鸣，扑通一声从半空跌落下来，摔在地上死了。

那只雌鹤虽被绑住双足和翅膀，但鹰口逃生后落地，幸无大碍。海兰急忙上前抱起仙鹤检查一番，对着它说：“谢天谢地，你没事就好了。”

海兰抱着失而复得的鹤，被这一连串的情景惊呆了，莫尔根也一样，拿着弓箭东张西望。还没等他们反应过来，只见不远处走来一个憨厚健硕的青年。他们定睛一看，这位手持弓箭的青年正是隔壁村的阿里布，也是一位身手不凡的猎手。他打猎经过这里，无意中看见鹰从海兰手里抢走了仙鹤，于是赶紧出手帮忙。这无异于救了父女俩的命，帮了大忙。莫尔根向阿里布说了仙鹤的用处，他感激地握着阿里布的手说："孩子，你真是我们的大恩人啊，我们该怎么感谢你呢？"

阿里布还没来得及回答，一队人马已经围住了那只死鹰。原来是大首领和他的手下。大首领下马，看着躺在地上的鹰，气势汹汹地问："啊，我的神鹰！谁吃了熊心豹子胆，竟敢射死我的神鹰！"一波未平一波又起，原来这只鹰是大首领的。

这仙鹤的差事刚有了眉目，这一下又弄死了大首领的神鹰，可真是闯了大祸了！但莫尔根不想让自己的恩人受牵连，于是主动承担责任，上前说道："请您听我解释，我们不知道这是您的鹰，是它突然飞来抢了这贡品，这也是您交代的差事。一着急，我就拿箭把它射死了。"这鹰平时很受大首领的宠爱，大首领还在气头上，根本听不了什么解释，仍怒气冲冲地说："原来是你呀，来人，赶快把他拉下去杀了，让他给我的神鹰偿命。"阿里布一听，赶紧上前挡在莫尔根身前："慢着，这鹰不是老人家射的，是我射的，要杀要剐冲我来！"

大首领被阿里布的言行惊到了，一时不知所措。这时，他的一位下人在他耳旁小声说："老爷，这人是有名的猎手，他的箭法很厉害，是个不要命的家伙，我们现在最好不要惹他。真想收拾他，您可以找别的机会。"大首领略一沉吟，觉得这话有道理，同时这事还关乎给皇室进贡的仙鹤，如果让这愣头青给破坏了，自己也是吃不了兜着走。于是，他先下令让人把莫尔根的那对仙鹤收上来，先完成进贡的任务，然后又对阿里布说："听着，今天我就饶你一命，但有一个条件，限你十天之内还我一只神鹰，要

比你射死的这只还要好。否则，就要用你给我的神鹰陪葬。”

一听这话，三人都呆立在原地。哎，这可难了。原来，那只鹰是鹰中的上品，平时遇到一只已非易事，还要捉一只活的，还要在十天之内，这根本就是不可能完成的任务。

这下连阿里布也愁坏了，但为了不让莫尔根父女俩担心，他故作淡定。但细心的海兰还是看在眼里，她愧疚地说：“哎，都怪我们，要不你也不会摊上这事儿，应该由我们来赔这只神鹰。”阿里布真是一条硬汉，他斩钉截铁地说：“这是哪里的话，鹰是我射死的，肯定是我来赔，你们都不用管了。”

可是莫尔根父女俩都是通情达理的人，他们不可能让阿里布一人去为他们承担责任。莫尔根要和阿里布一起去捕神鹰，善良的阿里布心疼老人，不肯让老人去。因为海兰从小跟父亲耳濡目染，也有一些打猎的经验，于是对父亲说：“父亲，不用您出去翻山越岭了，您身体吃不消，就让我和阿里布一起去捕鹰吧。”莫尔根虽然舍不得女儿，但他更不愿拖累好人阿里布，有女儿在一旁照应，能帮到阿里布，也是一种安慰。

时间紧迫，阿里布和海兰一刻也不敢耽搁，他们到处寻找猎物。在这之前，海兰和阿里布并不陌生。莫尔根经常夸奖阿里布，说他箭法高超，人品好，是个勇敢的小伙子；阿里布也听人无数次谈起海兰的美貌和贤淑，更同情她的身世。两人早就互有好感，只是谁都没说破。

可是，六七天过去了，别说鹰，就连大雁的影子也没见着，他们很是着急。第七天晚上，他们来到海兰家，三个人谁都吃不下饭，只在黑夜中无奈地坐着，叫天天不应，叫地地不灵，要知道，要是再过三天还逮不到神鹰，别说阿里布了，就连乡亲们都得跟着遭殃。

海兰不想让阿里布因神鹰而死，更不愿连累乡亲们，该怎么办呢？海兰眉头紧锁着，忽然，她想起当地富豪家驯养了一只上品的鹰，如果把它买来就能解决问题。可是富豪又小气又坏，他是绝不会轻易答应的，况且就海兰和阿里布家的情况看，多少年也凑不齐买鹰的钱。她又想到富豪曾一心想让自己嫁给他的大儿子巴鲁，为此还专门找媒人来提过亲，被自己拒绝了。

想到这里，海兰有了主意。

第二天，她来到媒人的家，她让媒人转告富豪，说同意嫁给巴鲁，但订婚的礼物就要一只神鹰。富豪一听高兴极了，当场同意，急忙派人给海兰送来那只神鹰，并约定后天就成亲。

海兰得到了神鹰，却不敢直接送给阿里布，她知道阿里布是绝对不会赞同她这么做的。于是她拿着神鹰在第二天早晨偷偷来到阿里布的扣网旁，放出神鹰。这个经过训练的神鹰一看到扣网里的大雁，便一猛子扎了下去……

阿里布终于捕到了神鹰，欣喜若狂，大喊着："亲爱的海兰，我们得救了。我喜欢你，等我交上神鹰，我要去你家提亲。"

藏在远处芦苇丛的海兰看着阿里布取出神鹰，听到他说的这句话，真是悲喜交加，她终于等到这句话了，可是结局却是这样不堪。她泪流满面，转身走了。

阿里布绑好神鹰，一路上幻想着以后的幸福生活，直奔都督

府而去。

交上了神鹰，阿里布如释重负，他去集市给海兰买了些首饰，然后继续往家走。走到半路上，遇到一位老猎人带领十几个猎人正在打野鸭，阿里布问他们为什么只打鸭子不打大雁，老猎人说：“你没听说吗？巴鲁明天就要娶亲了，要大摆宴席，要从我这里买一百只野鸭。”阿里布忙问新娘是谁，老猎人说：“是莫尔根的独生女儿海兰。”“什么？海兰！”阿里布听到这个名字，如五雷轰顶，顿时感觉天旋地转，连连说着“不可能，不可能”。老猎人说：“有什么不可能啊，虽然巴鲁长得不怎么样，但人家有钱呀。”

阿里布绝望至极，直到天快黑时，才踉踉跄跄地往回走。还没到家门口，就看到海兰扶着自己的老母亲站在那里，阿里布惊讶地看着海兰，问她：“你不是要嫁给巴鲁了吗？怎么还在这里？”母亲便说出海兰答应嫁给巴鲁是为了得到神鹰救阿里布的真相。

阿里布更加不解了，他问：“那现在是怎么回事？”

原来，海兰看到阿里布拿到神鹰后，想回家收拾东西履行婚约，但走着走着，一想到马上要嫁给不喜欢的人，海兰的腿像灌了铅一样寸步难行，她不知不觉地拐了个弯，向阿里布家走去。

阿里布对海兰说：“既然你不想嫁给巴鲁，就跟我逃走吧，等以后我们有了钱或捕到神鹰，再补偿给巴鲁。”海兰连连摇头，说：“如果巴鲁找不到我们了，肯定会拿我们的父母是问，而如果我们带着父母出逃，他们都年老体弱，能逃到哪里呢？”

阿里布听了这话，唉声叹气地说：“都怪我没本事，没抓到神鹰。”海兰心疼地说：“这怎么能怪你，如果不是你，我们也交不了差，如果交不了差，我父亲早就没命了。”

时间一点一点过去，海兰必须要回家了，二人百感交集，正在走投无路之际，突然见一只仙鹤飞来，落到二人脚边，只听仙鹤开口说话了：“海兰姐姐、阿里布哥哥，我就是被你们从鹰嘴里救出的仙鹤。本来我们被送到官府后，官府的人要把我们送到皇宫，可我们在路上找机会逃脱了。现在你们有难，我来帮助你们了。”

海兰又惊又喜，连忙说：“仙鹤，是我们把你抓起来送到官府的，你不但不怨恨，竟然还回来帮我们。”仙鹤说：“我不怨你们，都是因为皇宫里的人和大首领欺人太甚。现在，大首领已经得到了惩罚，他已经被我的同伴啄瞎了左眼。因为我们逃脱了，他完不成皇宫的进贡任务，而皇宫给他的期限马上就要到了，他会马上找贡品的，你就等着我们安排就是了。”

果然，当天晚上，大首领又下命令，说如果谁能在第二天就进贡两只一雌一雄仙鹤，马上可以提升官职，赏赐万钱。于是仙鹤就让海兰去找巴鲁，说如果他能放弃与她结婚，她就给他两只仙鹤作为贡品呈上去，这样他就能升官发财了。

海兰忙说：“不行，你们已经经历一次危险了，不能再让你们深入虎口。”

仙鹤说：“没事的，大首领只是为了完成皇宫的任务，并且要保证我们不少一根羽毛，这样我们就没有危险了，我们肯定能再次逃脱的。”依照仙鹤的吩咐，海兰找到了巴鲁，把这话一说，

巴鲁非常高兴，因为对他来说，如果升了官、发了大财，那美女就有的是了。他马上与父亲说了，他父亲更是高兴，马上宣布停止办婚礼。

于是，那两只仙鹤重又让海兰把它们绑住送到了巴鲁家里。

第二天，当地人们都在传说，昨天，大首领躺在家里睡觉，被一只从窗户飞入的仙鹤啄瞎了左眼；今天，大首领正坐在桌边吃饭，又被一只仙鹤啄瞎了右眼，这真是报应呀。而被两次送去当作贡品的仙鹤，都在路上逃脱了。

苦吟诗人——李贺

李贺是唐代浪漫主义诗人，与李白、李商隐一起被称为“唐代三李”。

他是郑王的后代，七岁就能写文章。当时的名人韩愈、皇甫湜刚听到时还不相信，来到他家，让李贺写诗。李贺提起笔马上就能写好，并且就像早已构思好的一样，还自拟题目为《高轩过》，二人大吃一惊，李贺因此而名扬京城。

李贺长得单薄瘦削，双眉相连，手指很长。他作诗的方式和别的诗人不同，别人作诗都喜欢待在书房里冥思苦想，或者到庭院里吟咏风花雪月；很多人牵强附会旧章法，先确定题目再写诗，而李贺不喜欢这样，他经常出去旅行，喜欢在路上寻找最新鲜的灵感。每天清晨太阳刚刚初升，他就慢悠悠地骑上马，带着一个小书童，再带个破破烂烂的大布袋，从大街小巷到荒郊野外，到处溜达。

每次出行，他都有收获，睹物思情，文思如泉涌，碰到有心得感受的诗句，就立马用纸写下来，放进随身携带的袋子里，晚

上回到家里，顾不上吃饭，第一件事就是从袋子里找出那些在路上记下来的句子，然后再整理成诗。

除非大醉不起或吊丧的日子，他每天都要出去。

李贺这种写诗方式，在别人看来简直是荒诞。有一年秋天，李贺骑着马路过一座山岗，那里荒无人烟，到处是累累的坟茔。

当时天色已晚，草木枯黄，乌鸦乱啼，阴森可怖，书童拉着马想快走两步，赶紧避开这里。谁知却被李贺制止了，他竟然被这里的景物吸引住了，说看了特别有灵感，索性跳下马来，坐在地上写起诗来。

就这样，虽然书童一遍遍地催他回家，但他还是执意要写完再走。

一阵秋风吹来，身旁的梧桐叶沙沙作响。

书童说："公子，你看，天越来越冷了，咱们赶快回家吧。"

李贺应道："桐风惊心壮士苦，衰灯络纬啼寒素。"这声音让李贺敏感的心为之惊动，他想到了戍边的战士，并为自己的报国无门哀叹。

书童见李贺陷入愁思，便说："公子，眼看天就要黑了，您还是回去再写吧。"

李贺又应道："谁看青简一编书，不遣花虫粉空蠹。"哎，就是写成了诗篇，又有谁来欣赏呢？

书童见这话更激起了李贺的感慨，忙说："公子，你看这里都是坟茔，我怕。"

说到坟茔，李贺马上想到了《庄子》中所写的东周时期的大臣苌弘，于是很快吟出下句：“秋坟鬼唱鲍家诗，恨血千年土中碧。”（鲍照曾经写过《拟行路难》，抒发了自己出身寒门，报国无门的悲慨；苌弘曾做过孔子的老师，后遭人所杀，“蜀人感念，以匮盛其血，三年之后，血化为碧玉”。）

这句诗诉说了鲍照的遗恨，当然，这同样也是李贺的遗憾。这些都将如同苌弘的血一样，历经千年，在坟底化为土中碧玉。

书童一听，不敢再催促了。直到太阳下山，天色渐黑，伸手不见五指，二人才回到家中。顾不上和母亲打招呼，李贺便一头钻进书房去整理诗了。

有这样一个有才有个性的儿子，李贺的母亲又操心又心疼。每当邻人夸赞李贺有才时，母亲总是唉声叹气地说：“我真希望他能平庸一些，不这么写诗，多爱惜一下自己的身体。”李贺一生都很不幸，怀才不遇、报国无门的凄苦是他骨子里无法治愈的伤。因此，他将毕生的心血都灌注于诗歌创作中，其母曾说：“吾儿为诗，非呕心沥血方已矣。”后来，李贺积忧成疾，年仅 27 岁就英年早逝了。但在这短暂的生命里，李贺依然留下了 241 首诗歌，开创了诗歌史上著名的“长吉体”，为世人留下了宝贵的精神财富。

画圣的扇子

吴道子是唐代画家，被尊称为“画圣”。他的画笔触细腻，有飘逸之感，被当时的人赞为“吴带当风”。

吴道子的画，无论在宫廷、寺庙，还是民间，都很受欢迎。有段时期，唐玄宗经常召他到宫廷画画，东都洛阳白马寺也邀他去画壁画。

吴道子在白马寺画完壁画之后，便急忙赶回京城，但当他路过登封时，突然改变了主意，想顺道爬一下嵩山，到那里的太室阙里看看长鼻兽的雕像，开开眼界，增长见识。可能因为连日绘制壁画过于劳累，又加上旅途奔波，吴道子刚走到半山腰，就晕倒在山路上。

等他醒来，太阳已落山，天色渐渐暗了下来，还是没有路人经过。他想硬撑着爬起来，但一点力气也没有。吴道子一筹莫展。正当他绝望的时候，忽然听到了脚步声。吴道子焦急地四处张望，只见一个壮年男子正背着一捆柴下山而来。吴道子像等来了大救星一样，客气地央求：“大哥，我身体虚弱，走不动了，您能把我送下山去吗？”壮年男子忙放下肩上的柴，热情地俯下身子询问：“客官，你是怎么了？遇到什么困难了呢？”吴道子实话实说：“我本想上山参观太室阙的雕像，没想到却在这里晕倒了，现在浑身无力，无法行走。我想下山找个大夫看看。”

壮年男子想了片刻，说：“这里比较偏僻，我家就在附近，你不如先到我家休养几天，待身体好了再去稍远的市镇找大夫诊治。”吴道子很不好意思，觉得素昧平生的，不想给他们添麻烦。壮年男子好像看出了吴道子的为难，就安慰他道：“谁都有个天灾人祸的，不要紧的。相见就是缘分，说明咱俩有缘，您就别客气了。”男子边说边走上前背起吴道子，向家里走去。

路上，吴道子了解到，这位男子名叫李仁，为人忠厚老实，是附近的村民，以种地为生。由于世道不好，田里连年歉收，他家的日子过得相当清苦，他只好上山砍点柴来补贴家用。

回到家，李仁本担心老婆反对，谁知李大嫂也怜悯吴道子的遭遇，热情地接待了他，还收拾出一间最好的屋子给吴道子住。

夫妻俩真是热心，供吴道子免费吃住，还张罗着帮他到处买药，可是他的病还是没有好转。

李仁一家真心真意地帮着他。很快，因为抓药要花钱，吴道子的钱没剩多少了。即使这样，李仁和妻子依然对他非常热情。虽然每天都是粗粮野菜，但都是李大嫂亲自下厨，做好后和颜悦色地端给他吃，从没给过他脸色。更令人感动的是，眼瞅着吴道子没钱买药了，李仁就努力砍柴，换来的一点钱，总是先给吴道子买药，剩下的钱才买些吃的用的。

不知不觉又一个月过去了。吴道子的病已日渐好了起来，基本无碍了。他开始思考如何报答李仁一家。这段时间里，他发现李大嫂白天下地和丈夫一起干农活儿，每天晚上回到家里还要做副业，或织布或编席。吴道子不解地问道："嫂子，晚上干活儿看不清，您怎么不点灯呢？"李大嫂说："不是不愿意点，不怕您笑话，是因为没钱买油点灯啊。不过也没事，您看，即使不点灯，我织布编席也挺快。"吴道子听了，更感动了，心想：如此贫困的人家，竟然这么大方地供我白吃白喝，还给我买药，这样善良纯朴的人太值得报答了。吴道子身上的银两已所剩无几，不足以回报他们，便想了一个方法。

这一天，他见李仁准备好柴，要挑到城里去卖，便找出几枚铜钱交给李仁，求他帮着买一把白纸折扇回来。李仁想帮他省钱，于是说："哎，不知道你们这些读书人是怎么想的，现在天气也不热呀，要是您觉得热，咱家有的是蒲扇，都是不用花钱的。买纸扇干什么，多费钱呀，不如省着点。"

吴道子当然有自己的打算，便坚持把钱递到他手里："李大哥，您帮我买来便是，我有用。"李仁不明白这个读书人的想法，只好收起钱帮他买了。

吴道子一拿到纸扇，便开始在扇面上画画。他白天很安静，有时候磨墨沉思，有时候睡觉。可到了晚上，却异常忙碌。那段时间，晚上月色都很好，李大嫂编席子的时候，就见他出来进去地望着月亮，到他们夫妻去睡觉了，还听见那间屋子的门吱吱嘎嘎响，吵得他们也睡不好，但觉得他是客人，也不便多问。

很快，又十几天过去了，不觉到了月底，吴道子画好了扇面，身体也完全康复了，他决定起程回京。

临行前，吴道子一再对李仁一家表示感谢，说：“李大哥李大嫂，非常感谢你们收留我，细心照顾我，使我很快康复了。现在我手上的钱花光了，无以为报，就画了一幅扇面送给你们，望你们笑纳。”

李仁接过扇子，憨厚地说：“您不用客气！谁还没有落难的时候？这都是我们应该做的。”吴道子又转身对李大嫂说：“这把扇子就当是我送给大嫂您的一盏油灯吧。”

夫妇二人听了这话，有点摸不着头脑，吴道子也没解释。他们告辞后，吴道子走了几步，像想起什么似的又走了回来，再三叮嘱：“李大哥李大嫂，你们不要轻易丢掉这把扇子，万一有一天你们生活困难需要用钱，可以用它来救急。如果把它卖到当铺，可以多要点钱，但有一点要牢牢记住，就是一定要让他们在当票上写清扇面上都画的是什么，赎的时候，他们就会不要利息。要千万记住扇子上印章的记号，以防被调包。”李仁夫妇虽然听得云里雾里，但看吴道子郑重其事的样子，就点头保证一定要好好珍藏，吴道子这才放心地上路了。

目送吴道子远去后，李仁夫妇回到屋里，拿起扇子想看个究竟。他们把扇面打开，只见上面青乎乎一片，间杂着一些白色的小点，像是散在天空稀稀落落的星星，画得很简单，并不见有什么特别。夫妇俩心想：这是文人欣赏的文雅的东西，平民百姓基本上也用不着呀；但看吴道子费心尽力画的，毕竟有一番心意在，

虽然算不上什么宝贝，但留着可以做个念想，所以就把它顺手放在一个破箱子里了。

转眼到了夏天，在一个阴沉沉的夜晚，李仁干了一天活儿，便早早躺下休息了。无奈天气太热，李仁睡不着，总出汗，他爬起来找蒲扇，没找到，突然想起箱子里还有一把折扇。他打开箱子，把折扇拿出来一看，非常奇怪，明明屋里没点灯，夜黑得伸手不见五指，可是竟能清清楚楚看到扇面上有月亮穿云而出，旁边还有几颗闪烁的星星，和那天看到的很不一样。而且，透过扇面望去，能依稀看出屋子里的摆设轮廓。李仁不禁嘀咕了一句："这把扇子很奇怪！"李大嫂也没当回事，继续编她的席，李仁又躺下扇着扇子睡着了。

可是，随着夜越来越深，李大嫂也发现了异常。她本想再编一会儿就去睡觉，可是屋里不知怎的却越来越亮。起初，李大嫂以为是从窗户照进来的月光。后来，她越来越觉得不对劲了，因为她能清楚地看到手里编的席花，屋里恍若白天。大嫂非常好奇，因为这间屋子从来没有像现在这么亮过。她停下手里的活儿，想搞清楚是怎么回事。一抬头，才发现那亮光并不是从窗外射进来的，而是来自李仁胸前的那把扇子。她急忙跑过去，拿起扇子一看，发现扇面上没了乌突突的云彩，现出一轮明月，明月发出的光把屋子照得如同白昼。

她看向窗外，看到外边的星月的样子完全和扇面上画的一模一样，不仅如此，扇面上的月亮比屋外的月亮还亮。她这才意识到这不是一把普通的扇子，于是急忙喊醒丈夫，说："快醒醒，原

来这把扇子真的不一般，太神奇了，上面的月亮能发光，比真月亮还亮呢。”李仁醒来，更是大吃一惊，夫妇俩这才想起吴道子临走时叮嘱他们的话，知道这扇子是名副其实的宝物。

从这天起，他们屋里有了一轮明月，李大嫂再也不用摸黑编席了，这样不但省了灯油钱，还能多干活儿，家里从此宽裕不少。

一到晚上，李仁夫妇就拿出这把扇子，像宝贝一样供着。慢慢地，他们总结出扇面变化的规律：每到初一，这扇面就会暗一些，只有星星在闪烁，但那光也够用了；等到了初四、初五，上面会一点点现出月牙儿，发出皎洁的光；最亮的时候是十五和十六，月亮又大又圆，屋子里亮堂堂的。

在这宝扇的帮助下，他们的日子慢慢好起来。可是好景不长，几年后，当地瘟疫横行，李仁的女儿也不幸染上了病，生命垂危，他们请来最好的医生，买了许多药，可是女儿的病还是没减轻。后来，他们的积蓄都花光了，买不起药了。这天晚上，李仁和妻子在屋里呆呆地坐着，扇面上的月亮越来越亮，突然，李仁想起了吴道子临走前说的话，对呀，这宝物还可以换钱救急呢。

第二天一早，李仁忍痛包起扇子，来到城里的当铺。当铺老板见多识广，一拿到扇子，一眼就看出是吴道子画的，问李仁要当多少钱。李仁咬咬牙，说出一个数，还怕老板不愿意，没想到，老板痛快地答应了。李仁按照吴道子当初的叮咛，让当铺老板在当票上写明扇面上画的内容。因为当时是十五，扇面上有月亮和星星，所以老板就照实写了。

李仁拿到钱，急匆匆地回家给女儿抓药，又经过半月的治疗，女儿的病慢慢好了。初一这天，李仁凑够了赎回扇子的钱，拿着当票来到当铺。可老板从库房里取出扇子查看时，却发现扇面上的只有乌突突的云和一点点星星，与当初写在当票上的星星与月亮不符，这可怎么办呢？他只好跟李仁说，扇子确实是那把扇子，现在不知怎么突然变了，也许是扇子受潮，画面变得不清晰了，或者是当初自己没看清上面的画面而写错了，如果李仁接受，他们可以不要利息，只收本金。李仁仔细查看印章，没发现有变化，于是同意了。

等李仁一离开，当铺老板越琢磨越不对劲，他清楚地记得，自己拿到这把扇子后，就一直把它放在库房，根本没人动它，就这短短半个月时间，上面又大又圆的月亮怎么会消失了呢？即使扇子受潮了，也应该有变化的痕迹；而自己当初也不可能写错扇面上画了什么，因为画面实在简单好记。好在李仁看起来不太懂这些，没让他赔。可这也太奇怪了。他问了很多伙计，大家也都说不清这其中的原委。

这时，一个伙计说了他的发现。他说，十几天前，他半夜起来去厕所，路过库房时看见窗户上有亮光，他怕库房出现明火，就趴在窗棂上看了看，发现有亮光从那把扇子的扇骨里漏出，并不是什么明火，他当时有点奇怪，但急着上厕所，就离开了，过后又忘了这件事。过了几天，他又想起这事，特意等晚上再去看时，就什么也看不到了。所以，他觉得第一次看到的可能是别的东西的反光。现在老板又问起来，他才觉得那亮光有点奇怪。

这番话引起老板的怀疑。他知道这把扇子是吴道子画的，价值不菲，他也听说过吴道子的画有一些神奇之处，现在一听，立马认定这扇子不是普通之物，于是让人到处打听，得知是吴道子因感谢李仁一家的救命之恩特意为他们画的，而有了它后，李仁家的生活也比以前宽裕了。

这就对了，这扇子肯定不同凡响。为了能讨好县令，店铺老板赶紧把这事禀报上去。县令一听，在自己管辖的县里，竟然有这样神奇的东西，而自己竟然不知道且还不属于自己，便想占为己有。于是他想故意栽赃，找人诬告李仁偷了他的扇子。

刚好，李仁有个表弟在县衙当差，他听说了县太爷的阴谋诡计，为表哥担心，赶紧去李仁家送信。李仁一听，大吃一惊，赶紧带好宝扇，收拾家当，带着家人投奔远方的亲戚去了。怕路途中有什么闪失，他们走到嵩山北时，见到一处隐秘的山洞，李仁突然心生一计，把扇子藏了进去，又用石头封好洞口，再拿了些树枝、干草掩盖住，这才恋恋不舍地离去。

在亲戚家待了几年后，李仁听说县太爷因贪污被问罪了，这才松了一口气，带着妻女返回自己的家乡。路上，他走到藏宝扇的山谷时，无论怎么找都找不到那山洞了。

从此，宝扇再无踪迹，那轮温暖的明月在人间消失了。

包拯断案

包拯是北宋时期的大清官，直到现在，我们还能时常在电视、电影中看到他断案如神的本领。

有一次，包拯在大街上遇到一个小孩儿，那孩子穿着破旧的衣服，坐在青石板上，身旁放着一只空空的篮子，两手捂着脸，正呜呜地哭个不停。

包拯见状，很可怜这个孩子，就让人把孩子叫过来，问到底怎么回事。

孩子说，他的钱丢了，怕回家挨打，于是就哭了起来。

原来，这孩子家里很穷，为了补贴家用，平时帮大人卖油条挣点小钱儿。这天早晨，他比平时卖得钱多，正高兴着呢，突然发现附近有耍杂耍的，小孩子贪玩儿，便挤上去，站到青石板上踮脚看着，等散场才想起回家。这时，他掀开篮子里的包袱，却发现里面空空如也，一文钱也没有了。

孩子一边说一边哭，伤心极了。

包拯了解情况后，思忖片刻，说道："孩子，你看你把钱放在包袱里了，没人知道，你离青石板最近，肯定是青石板偷了你的钱。”于是吩咐衙役把孩子和青石板一块带回县衙审问。

青石板还能偷钱？众人议论纷纷，别说成年人了，就连这个丢钱的孩子都觉得不靠谱。于是大家都放下手里的活计，紧追着包大人的轿子来到县衙，想看看包大人葫芦里到底卖的什么药。

公堂上，包拯让人把青石板抬上来，让那孩子站在旁边，围观的人都站在大堂两边。

审问以别开生面的方式开始。

包拯对着青石板，怒斥道：“你这个伤天害理的家伙，你怎么忍心偷孩子的钱？你老实交代，如果不说话，就严刑拷打你！”

和人们想的一样，青石板静静地躺在那里，没有发出任何动静。这时，包公突然脸色一变，叫衙役给青石板用刑。围观的人见此情景，感觉又好笑又疑惑，他们有的捂着嘴偷笑，有的面面相觑，互相用眼神表达着不解。

衙役拿起鞭子，狠狠地抽打着青石板。最后，青石板终于断裂了。围观的人再也忍不住了，哄笑起来。

包拯见状，板着脸一拍惊堂木，威严地扫视着周围：“肃静，肃静！公堂之上，岂能如此！衙役，关门，谁也不准出去！”

看包拯严肃的样子，众人更是丈二和尚——摸不着头脑了。有胆小的人也不想看热闹了，便赶紧请求能开门放他们回家。

包拯趁机说：“饶你们也行，但要你们每人交一文钱。”

众人纷纷点头答应，于是包拯吩咐衙役去抬一缸水来，让众人把钱丢进水里。他从堂上走下来，站在旁边仔细观看。众人当然不知道包拯葫芦里卖的什么药，也挤在旁边想看看接下来会发生什么。

就在大部分人都扔下铜钱的时候，包拯突然指着一个人，大声喝道："大胆毛贼，给我拿下。"衙役上前，几下就把那人制伏了。众人惊讶不已，纷纷问到底是怎么回事。

原来，包拯其实是在仔细观察大家放钱后水面的变化。刚才那个人把一文钱投入水中后，水面立即漂起一小片油花。包公据此判断他就是贼人。经搜查，那人身上果真还有剩余的几百文钱，这些钱上都有油渍。经审讯，小偷承认自己偷了孩子的钱。

就这样，孩子的钱找到了，包公把钱交给孩子，偷钱的家伙也得到了应有的惩罚。这时候，众人才恍然大悟，纷纷叫起好来。从那以后，他们更佩服包大人了。

纪晓岚妙对乾隆

纪晓岚是清朝人，他才华横溢，深得朝廷重用，在历史中是个炫人耳目的人物。他是乾隆时《四库全书》的编撰。《四库全书》分为经、史、子、集四部，担任校勘录的人员多至三千余人，耗时十余年编成，共计三万六千余册，约九亿字，编撰这书绝对是个大工程。

据传，纪晓岚比较胖，夏天很怕热，因为这个，还闹出过笑话。

事情的原委是这样的：一天，纪晓岚正和一帮高官和学者们忙碌着编纂《四库全书》，那天天气又闷又热，一丝风都没有，他身上的汗一直流。为了不影响工作，他干脆脱了上衣。有几个人见这样凉快，也效仿他，当了“膀爷”。这事被太监传了出去，乾隆知道了，于是便想戏弄他一番。

到中午时候，乾隆皇帝不让人通报，就径直过来了。这下那几个光膀子的“膀爷”远远地看见皇帝来了，赶紧把衣服穿上了。但纪晓岚眼神不好，等乾隆快到他跟前了，他才发现，已经来不及穿衣了，可不穿衣见皇上属于御前失仪，这在当时是不被允许的。急中生智对纪晓岚可不是难事，他迅速钻到桌子下面，吓得大气也不敢出。

乾隆走到纪晓岚的座位旁，坐到了他的椅子上，专等纪晓岚出来。他一坐就是两小时，也不说话。别人也不敢吭声，只安静埋头工作。

纪晓岚的桌子三面不透风，乾隆这一坐，四面都被堵死了。这可把纪晓岚给热坏了，比在外面还热呢。

过了这么长时间，桌下的纪晓岚听周围鸦雀无声，以为乾隆已经走了，也实在坚持不住了，便伸出头，小声问了一句："老头子走了吗？"

乾隆被他逗笑了，旁边人也都哈哈大笑。乾隆想戏弄他，便大声说："纪晓岚，你太无礼了，竟然说出如此轻薄之言！"

纪晓岚一听，吓得差点躺到地上，真没想到自己又一次冒犯了皇上，真够倒霉的。但事到如今，也只能钻出来面对，叩见乾隆。

见纪晓岚面露窘态，乾隆心里乐不可支，但表面上还是一本正经地批评他：

"你说说看，你到底为何叫朕'老头子'，如果解释得通，就饶你一死！"

然后，乾隆让太监把纪晓岚的衣服拿给他穿上。纪晓岚这时反倒不紧张了，他镇定自若地回答：

"万寿无疆之为'老'，顶天立地之为'头'，父天母地之

为‘子’。”

乾隆本来就无意于惩罚纪晓岚，他过来就是为了找乐子的，何况还指望他尽快完成《四库全书》的编撰呢，听闻此言，便笑了起来。再看纪晓岚大汗淋漓的样子，觉得为难他了，便让人给他送上一杯茶。

出了这么多汗，纪晓岚口渴难耐，赶紧谢过皇上，端起茶碗一饮而尽。而乾隆似乎还觉得不过瘾，突然又心生一计，继续考验纪晓岚说：“纪晓岚，你看我手里的这把纸扇，上面还是空白的，你在上面题一首诗吧！”

纪晓岚刚喝了茶，解了渴，便从容地接过纸扇，只见上面有远山、城池和杨柳，便略加思索，龙飞凤舞，一气呵成，写下了王之涣的《凉州词》，原诗为：“黄河远上白云间，一片孤城万仞山。羌笛何须怨杨柳，春风不度玉门关。”可是纪晓岚一时疏忽，少写了一个“间”字。这里也要说明一下，那时候题诗写字全不用标点符号，因此，纪晓岚在乾隆皇帝扇子上题的是：黄河远上白云一片孤城万仞山羌笛何须怨杨柳春风不度玉门关。

乾隆接过扇子，很满意，他得意地念道：“黄河远上白云……”

这时，他发现少了一个“间”字。乾隆皇帝对诗词也是造诣很深，可谓是行家里手了，一看这诗中间少了个字，又要拿纪晓岚打趣了。

乾隆脸一绷，故意训斥道：“纪晓岚，你故意漏字戏弄朕，该当何罪！”说着，把纸扇扔给了纪晓岚。

纪晓岚连忙接过扇子一看，发现自己慌忙之间果真出了差错。可纪晓岚毕竟是纪晓岚呀，他的脑袋可是灵得很呢，再尴尬的局面他都能化解，他从容应答：“万岁您息怒！我写的不是王之涣的诗，这是我新写了一首词呀。”于是，他拿起纸扇，朗声念道：

“黄河远上，白云一片，孤城万仞山。羌笛何须怨，杨柳春风，不度玉门关。”

乾隆一听，立马嘴角上扬，满眼里都是对纪晓岚的赞赏，心想这真是个机智的家伙。之后，他们的关系也更融洽了。

馒头的来历

很久以前，有一位生性顽劣、草菅人命的太子，他特别喜欢到繁华的大街上闲逛，到处惹是生非。

有一天，太子又带着剑出来玩耍，正遇见一个捏面人的老艺人正精心地捏着一匹惟妙惟肖的大白马。这老艺人的技术太好了，把白马捏得跟真的一样。周围的人纷纷大声喝彩："这马太像了，就像要跑起来一样。"

太子心生恶念，上前刁难老艺人："喂，老头，你让马跑起来，我要骑着它出城。快点。"老艺人见是刁蛮的太子，忙说："这是用面做的，不管多像，它都不能当真马骑呀。"太子不依不饶："大家都说你手艺好，我就要你给我捏一匹真马！"

老艺人苦苦哀求，太子恶狠狠地说："你捏不出来是吧？那你趴在地上，驮我出城！"老艺人虽不是大富大贵之人，但也没受过这种冤屈，他宁死也不忍受这胯下之辱。太子很生气，随手拔出佩剑，冲老人恶狠狠地刺去。

眼见剑就刺到老人身上了，老人一闪，跑到旁边一口井边，绕着井口躲来躲去。太子连刺几剑，均未刺中，突然恼羞成怒，边大喊边冲着井口猛冲过去，结果不慎跌入井中，淹死了。

老艺人吓得魂不附体，瘫坐在地上，不知如何是好。

这一切，都被随太子出行的太傅看到了。这位太傅在宫里德高望重，谦恭温良，深得人心。上至文武百官，下至用人侍女，都对他尊崇有加。现在，他对太子的行为也极为反感，很同情老艺人的遭遇，于是特别想帮他躲过这一劫。

太傅对吓得瑟瑟发抖的老艺人说："你快走吧，离开这里，我会安排好，保你没事。"老艺人走后，太傅赶紧回宫禀报皇帝。

皇帝大怒，问在场的人，到底是哪个贱民把太子推下井的？太傅想，自己陪伴太子几年，没有功劳也有苦劳吧？如果这事落到别人头上，肯定得死；如果自己承担一切，皇帝说不定能饶自己一命。于是，太傅说是太子想拿自己当马骑，他坚决不从，惹怒了太子，太子拔剑刺他，他围着井口躲避，太子不慎落井。

没想到，皇帝依然大怒，埋怨太傅没照顾好太子，立即让人把太傅绑起来押走，限第二天午时斩首。

这事惊动了满朝的文武百官，大家都为太傅求情，皇帝心意已决，不肯更改。最着急的是那个老艺人，他怎么能眼睁睁地看着太傅替自己死呢，于是四处奔波，到处找人商议。他找到看押太傅的两名郎中令，他们也很同情太傅，不忍心看着太傅被杀，于是一起商量了半天，终于想出一个办法。

老艺人赶紧回家，用面塑了一个跟太傅的头颅一模一样的脑袋，又描上颜色，找来太傅的家人，他们都说太像了，足可乱真。

接着，老艺人又找来稻草，扎了一个身体，在脖颈处放了一个猪膀胱，里面装上血水。太傅家人拿来太傅的衣帽，给面人穿戴上，乍看上去，竟和太傅一模一样。

之后，他们把这个替身偷偷运到关押太傅的地方。

很快，到了行刑的时间，两名郎中令拖着太傅的替身，在午门外砍下了替身的脑袋，马上，血水四溅，替身头颅上鲜血淋淋。郎中令提着这个脑袋给皇帝看了，皇帝自然不疑有他。

就这样，太傅得救了。待到夜深人静，太傅易装悄悄来到老艺人家里，对他深表谢意。而老艺人忙说："太傅，我该感谢你呀。如果没有你出手相助，我现在已经身首异处了。"为免生后患，两人商定一起远走高飞。他们各自收拾家当，带好财物，骑两匹马离城而去。

他们快马加鞭，跑到很远的地方，找了一个偏僻的小镇住了下来。靠什么维持生计呢？俩人一商量，开了个小饭馆。后来，为招揽生意，老艺人发挥特长，用面粉蒸出各种模样的人头，取名为"馒首"，平时摆在店门口，节庆时则用作祭品。一开始，这些惟妙惟肖的人头样的面食吸引了好多人的围观，人们看他们在祭天时使用，只是觉得好奇。后来，人们便传说馒首可以赎罪免灾，如果在祭祀、节庆时使用，可保人平安，使人吉利多福。

人们都想讨个好彩头，于是争相购买，尤其是逢年过节之时，馒首经常供不应求。后来，有人珍惜粮食，仪式后不舍得扔掉这些馒首，于是就食用了。就这样，专做祭品的馒首又逐渐变成食品甚至主食了。

关于馒头，还有个传说。相传，有一年夏天，诸葛亮率军在西南作战，来到泸水一带，这里人烟稀少，士兵们喝了当地的水后，水土不服，纷纷病倒，别说作战了，连过河都过不了。

眼看士兵们纷纷倒下，诸葛亮心急如焚。他手下有人说：“听当地人说，这是泸水的河神发威了，如果想让这些人好起来，就要杀死一些俘虏，用他们的头去祭河神，这样才能保证蜀军安全渡河。”诸葛亮一听，觉得用人头祭河神太残忍了，于是让人用面粉捏成人头模样蒸熟，把它们扔进河中来祭祀河神。

同时，为了让士兵们尽快恢复健康，他让人用面和肉泥和在一起，制成“蛮头”，蒸熟后让士兵们食用。几天后，士兵们渐渐适应了当地的水土，身体慢慢恢复了。

就这样，当地人们以为这些酷似人头的“蛮头”可避瘟邪，于是便纷纷仿效，使这种面食流行开来，传遍了全国。

不管当初馒头是叫“馒首”还是“蛮头”，待后来辟邪、求福的功用转为实用之后，便成为我们今天熟知的“馒头”了。

彝族火把节的传说

在彝族的传说里，恩梯古兹是他们的天神。他们认为，宇宙万物皆是天神所造，并为天神所主宰。火把节也与天神有关。

很久很久以前，彝族人民生活在高山地区，他们辛勤地劳作，幸福地生活着。

又是一年秋收时，秋风送爽，谷物金黄，果香阵阵，彝族人们又开始载歌载舞地庆祝，男女老少脸上都喜气洋洋。这本是一件好事，却引起了天神恩梯古兹的嫉妒，他见不得别人好，就想搞破坏，于是他派了个叫十大力的壮汉来到彝族人民的聚居地，要他毁掉这里全部的美好。十大力很听天神的话，只用了一个夜晚的工夫，就把所有的庄稼果蔬都弄了个稀巴烂。

到了第二天一大早，人们起来一看，只见满地狼藉，一年的辛苦都付之东流。他们个个怒火中烧，想报仇雪恨，可是十大力长得又高又壮，他们根本打不过他，只好忍气吞声，不敢轻举妄动。

就在大家不知所措的时候，一个叫阿提拉巴的小伙子主动站出来，说要挑战十大力。大家都很吃惊，因为阿提拉巴虽然身体也很强壮，但和十大力比起来，根本不在同一个级别，论个头，十大力有阿提拉巴五个那么大。这孩子不是要去送死吗？大家都很担心。

然而，阿提拉巴却一点都没有胆怯的样子，他好像做好了赴死的准备。只见他平静地脱下上衣，露出黝黑健壮的肌肉，然后一个滚翻跳到十大力的肩膀上，骑坐在上面，紧紧卡住了十大力的脖子。

吃惊的人们见阿提拉巴那么勇敢，也有了信心，他们聚在周围，为阿提拉巴呐喊助威。有明白人似乎看出了门道儿：原来阿提拉巴有自己的战术。

的确是这样，阿提拉巴事先多方打听十大力的拳法，得知他只有蛮力，不动脑子，而且由于常年不干好事，肩部受伤严重，只要攻其薄弱之处，就定能取胜。

十大力当然也不会善罢甘休，只见他们紧紧地扭打在一起，都使出了浑身解数，打得热火朝天，地动山摇，谁都不认输。

他们僵持了三天三夜，由于十大力只会蛮干，力气耗尽了，阿提拉巴趁机把十大力绊倒在地。只听轰的一声，泥土地被十大力庞大的身躯砸出一个大坑，瞬间尘土飞扬。人们见这个作恶多端的十大力终于被打倒了，马上欢呼起来。山河大地、清风白云也都跟着放声高歌——大风像个使者一样把阿提拉巴获胜的消息传扬出去，江河也欢腾地奔流，把欢乐带到两岸。

接着，十大力的躯体变成了石头和泥土，他倒卧的地方，成

了一座寸草不生的秃山。

天神恩梯古兹也听到了这个消息，他恼羞成怒，不肯善罢甘休，又使出一个损招：他撒下一把香灰面，顿时香灰面变成无数害虫，纷纷落下彝山，飞到庄稼地里疯狂地咬食庄稼。彝族人民不再沉默了，他们被阿提拉巴的精神激励着，都变得勇敢起来。

当天，他们每人举起一个火把，汇成火的海洋，把所有的害虫都烧了个精光。

十大力被打败了，害虫被烧死了，天神恩梯古兹再也没有其他法术了，彝族人民彻底胜利了，那一年，他们的粮食也获得了大丰收。从此，彝族人民就把每年农历六月二十四这一天定为火把节，以消除虫害，祈求福祉。

火把节一般庆祝三天。第一天，人们宰牛杀羊，备酒肉祭祖。等夜幕降临时，击石取火，点燃圣火。然后，男女老少拿着火把，游走于田边地角，效仿当初以火驱虫的传说。第二天，家家户户都聚集在祭台圣火下，举行各式各样的传统节日活动，如赛马、摔跤、唱歌、斗牛、斗羊、斗鸡等。到了第三天，人们会手持火把，将火把聚在一起，形成一堆堆巨大的篝火，然后围在篝火四周唱歌、跳舞。

珍珠姑娘

清朝初年，在松花江畔有个善良的孩子，叫阿斯哈。这孩子十几岁了，还没见过自己的阿玛（满语，父亲），因为他的阿玛为皇室效命，长年在外，家里只剩下阿斯哈和额姆（满语，母亲）两人相依为命，日子过得十分清苦。

见别的孩子都有阿玛照顾、心疼，阿斯哈很羡慕，他天天盼着阿玛早日回来，却总是落空。

一天，一个哈番（高级官员）带着两个护卫人员到阿斯哈家里来报丧，告诉这对母子，阿斯哈的阿玛战死在准噶尔了。听此噩耗，额姆顿时昏厥过去。坚强的阿斯哈一边安慰额姆，一边从哈番手里接过遗书。

在遗书中，阿玛请求旗下给阿斯哈安排个差事，好让母子俩能生活下去。念及阿斯哈的阿玛征战有功，旗下就给阿斯哈安排了一份采珠的工作。当时，松花江边有个打牲衙门，专门给宫廷提供采捕食品和生活用品，松花江里的珍珠晶莹圆润，又叫东珠，是打牲衙门的重要贡品。阿斯哈就被安排到这里工作了，成了这里的采珠丁。采珠丁是打牲丁里最卑微的差役，阿斯哈就被安排到珠轩做帮丁，将来若是干得好有望升为正丁。

阿斯哈聪明伶俐，勤劳善良，干活儿尽心尽力，所以很快就被珠轩达（专管采珠的四品官）看中了，给他当了跟班的。珠轩达知道阿斯哈的身世，可怜他家孤儿寡母不容易，经常施舍点东西给他们。

有一年初春，天气刚刚转暖，河里还流淌着冰块，采珠丁就要出去采珠了。为了能很好地完成任务，珠轩达挑选了几个有经验的精壮汉子。阿斯哈也想跟着去，便央求珠轩达带着他。珠轩达不想带他，因为采珠环境复杂，他太小了，又没什么经验，就吓唬他说：“孩子，你不懂，采珠可是很容易丢性命的差使，完不成任务就会脑袋搬家！”

阿斯哈哭着哀求道：“玛法（满语，老爷），再危险我也想去！我家里穷，我要赚钱养家，额娘又得了重病，还得给她买药。”

采珠是皇差，又艰苦又危险，从来没有带小孩儿下河的。那些有经验的人也告诉珠轩达坚决不能带阿斯哈去，干不了累到事小，如果出了什么差错就麻烦了。可阿斯哈苦苦哀求，珠轩达见他那么可怜，就答应了他，想到时候自己照顾着他点。

他们采珠的目的地是松花江上游最大的支流——辉发河，那里有一个著名的采珠场。采珠船队出发的场面非常壮观：前面是一艘华丽的大船，坐着珠把式和其他首领。后面跟着一大串采珠小船，里面装着食物和采珠所用的器具。船队浩浩荡荡地朝辉发河驶去，一路上，他们每遇到河口、高山，都要鸣锣击鼓，摆上香供，点燃鞭炮，既彰显为皇帝采珠的威风，也顺便祈求采珠顺利。

经过数天的日夜兼程，采珠船终于到达辉发河。他们选好水场，将船停靠在河边，下了船。他们在岸上支起锅灶，安营扎寨，然后祭拜河神。到了开始采珠那天，又在江边点起大火堆，熊熊大火映红了半边天。采珠丁全站在采珠船上，赤裸着上身，半蹲半跪在船上，目不转睛地盯着珠把式。珠把式站立在船头，仔细观看水流和浪纹，认真判断水下情况。他判断好以后，就把长竹竿往河底一插，船立即就停在那里。这时，珠把式大手一挥，采珠丁们憋足一口气，纷纷扎进水里，到插着竿的河底去摸蚌。他们摸到蚌后便赶紧浮出水面，因为天气太冷了，需要烤火喝酒，暖暖身子后再跳下水。

采珠丁采珠时有个规矩，就是不许他们在水下私取。任何人只要捞了蚌，都得拿上来，交给珠把式，然后再当着珠轩达的面，由珠把式用尖刀刨蚌寻珠。

可是，他们采了三天三夜，都一无所获，摸上来的全是空蚌。珠把式看着被剖开的蚌扔满了船，很生气，他一边骂采珠丁，一边惆怅地向远处望去。此时正是月圆之夜，只见月光下的河面上浮着一层白雾。凭着经验，他判断水里一定有呼其塔蚌。传说呼其塔蚌是神蚌，这种蚌多含大珠，有的里面有三颗珍珠，即“怀抱三星”。它能变幻人形，所以总有大雾和白云卫护着。

在“怀抱三星”的诱惑下，珠把式废寝忘食，让采珠丁一天到晚在河里找啊找。但结果依然令人失望，他们找遍了辉发河，别说神蚌了，连普通带珠的蚌也没几个。

眼看一个多月过去了，再采不到宝珠，京师怪罪下来，别说赏赐了，连小命估计都保不住。想到这些后果，珠把式就愁得不行，众人也跟着唉声叹气。这时候，他们转而把怨恨撒到阿斯哈身上，都怪他太倒霉，把晦气传给了大家，冲了江神。于是他们就虐待阿斯哈，打他，骂他，不给他饭吃，不让他进帐篷，撵他到船上去睡。

珠轩达虽然不舍得让阿斯哈遭这罪，但碍于群情激愤，他也没办法，只能变着法儿地给阿斯哈力所能及的帮助。那时，采珠都要看水打更，打更人要观察水涨水落和水鸟聚集情况，分析判断哪里可能有珠。大家情绪低落，谁都没心思打更。珠轩达就把这活儿安排给了阿斯哈，对他说："今晚你打更吧！"阿斯哈眼里含着泪，哪懂啥看水打更，他只是卖力地划着船，在河里漫无目的地游走。但一想到采珠成功能给自己带来的好处，他还是咬牙坚持着。那时，采珠有个规矩，采不到珠或完不成贡珠数目要受罚；谁给皇家采到珍贵的东珠，则披红挂彩，是光宗耀祖的大喜事。

农历十五那天晚上，月亮又大又圆，照得水面白亮白亮的，像条银河。阿斯哈来了兴致，于是把船划过卧牛石，停下来，望着月亮发呆。突然，月光下出现了三个身穿白纱的格格，她们正哼着歌，坐在青石上认真地洗衣服呢！他心里很好奇，这深山老林的，怎么还有人家呢？格格的欢乐更加反衬出自己的凄凉，阿斯哈触景伤情，想着自己孤单一个人，额姆在家中生病无人照料，不由得掉下泪来。此时，他完全没有意识到格格们正在打量着他。

第二天，第三天，一连好几个夜晚，阿斯哈都划着船来到这里，每次都能看见这三个穿白纱的漂亮格格。她们每次都笑逐颜开，在月光下快乐地洗衣服，有时还用棒槌捶打衣服，动作好看极了。阿斯哈喜欢她们，想和她们做朋友，却自卑；想帮她们洗衣服，却没有勇气。他只能躲在隐蔽的地方，远远地望着她们。后来，他看着她们快乐的样子，也不知不觉地笑出了声。

这时候，阿斯哈突然感到脸上凉丝丝的，用手一摸，原来是格格捶衣服溅起的水珠落到自己脸上啦。阿斯哈用手擦了一下，刚放下手，却发现格格们来到了他跟前。他定睛一看，发现格格们长得真是太漂亮啦：头上插着美丽的牡丹花，两边垂着金珠穗，耳下垂着银光闪闪的耳环，身上穿着像月光一样温柔的软纱，手腕上还戴着银手镯。阿斯哈觉得她们和月亮一样美。

格格们对这个少年也很好奇，她们闪着水汪汪的大眼睛问他：“你这么小，为什么要来这荒凉的地方采珠？”

阿斯哈伤心地说：“我阿玛死了，额姆病了，如果能采到宝珠，就能给额姆抓药了。”格格们听了，都很同情阿斯哈的遭遇。

就这样，阿斯哈和格格们互相认识了。一到晚上，阿斯哈就主动出来打更，其他人也乐得清静。他手脚勤快，总是帮格格洗衣服，格格们则给他讲故事听。阿斯哈困倦的时候，就躺在小船里睡一觉。

可惜好景不长，没几天，厄运又来了。一天，阿斯哈正躺在小船里睡得香甜，突然被吵醒了。他揉眼一看，发现是几个巡夜的兵丁过来抓他。原来，因为找不到珠子，珠把式心里一直火急火燎的，这时却听人说阿斯哈在守更的时候偷偷睡觉，就想拿他当出气筒出出气。

他叫人把阿斯哈吊在树上，把他打得遍体鳞伤，然后又把他扔进又黑又潮的破草房里关了起来。阿斯哈捂着流血的伤口，想起了额姆，呜呜痛哭起来。哭着哭着，他又昏迷过去了。迷迷糊糊中，他感觉有人正轻轻给他敷伤口。等他醒来时，发现这一切都不是梦，只见三位穿白纱的格格正坐在他的身边给他抹药。阿斯哈喜极而泣，想坐起来感谢格格，格格们忙让他别动。

阿斯哈摸了摸伤口，咦，居然不那么疼了！阿斯哈很惊奇，于是问格格们："难道你们是会仙术的仙女吗？这么快就治好了我的伤。"格格们没有回答，只是莞尔一笑，拿出一件黑缎小坎肩递给他，说："我们是塔娜格格。这件衣服就送给你，你下水时穿着它。过一会儿，你就去河边数过九十九块卧牛石，然后下水，就能找到宝珠。"阿斯哈满腹疑惑，正想细问，格格们眨眼间便不见了。阿斯哈以为是梦，他用手掐了掐自己，能感觉到疼，又伸手摸摸身上的伤口，竟然全好啦。

他一低头，发现脚旁果真放着一件黑缎坎肩，就是刚才塔娜格格给他的，上面甚至还留着她们手上的余温。

阿斯哈浑身上下都充满了力量，他突然知道如何改变命运了，于是爬起来，悄悄打开门。外面静悄悄的，头上皎洁的月光照着蒙蒙的水面和他们的那些船。阿斯哈三步并作两步，跑上轿船，发现珠轩达正独自一人在舱里喝闷酒呢！看见阿斯哈走进来，珠轩达不耐烦地说：“你这孩子真不听话，不好好打更过来干什么？”

阿斯哈笑嘻嘻地说：“玛法，不用愁啦，宝珠的事交给我吧，我知道它们在哪儿！”

珠轩达瞪大眼睛，盯着阿斯哈看了半天。他根本不相信这小孩子的话，还把他数落一顿：“你这孩子，是异想天开吧！连老珠把式都无可奈何，你这个小孩能有啥本事！”

阿斯哈见珠轩达不相信他，都快急哭了，他跪下来，诚恳地说：“玛法，真的，你相信我吧！我真的知道宝珠在哪里！”

珠轩达有点信了，他扶起阿斯哈，问道：“真的？在哪里？真要是这样，我们可要转运了。”

这时，珠把式走了进来，他眉头紧锁，叹气连天。他一看见阿斯哈，火就上来了，指着他吼道：“你怎么出来了？玛法，他不好好打更，总是偷偷睡觉！”珠轩达喝道：“我让他来的，怎么了？！”珠把式见珠轩达护着阿斯哈，便收住火气，不再说什么了。

珠轩达招呼珠把式过来，告诉他阿斯哈说自己知道宝珠的位置。珠把式一听，一点都不信，警告他说：“阿斯哈，这可不能胡说，如果最后采不到宝珠，我们都要受罚，连你额娘都得跟着遭殃！”

阿斯哈态度坚定地说：“找不到珠子，我情愿受罚！”

珠把式虽然还是不信，但他见阿斯哈身上的伤竟然好了，便

觉有些蹊跷，又因自己实在急于得到宝珠，便同意第二天让阿斯哈去找。

阿斯哈一夜兴奋得睡不着觉，天还没亮就收拾停当。终于，珠轩达和珠把式来了，让他上了采珠船，向塔娜格格告诉他的那个河口驶去。

等到了那里，珠把式连连摇头，因为这里根本没有任何藏有宝珠的迹象。他试着往河里插了插竹竿，水流很急，竹竿马上被抛了出来。他更加失望了，因为他知道蚌不爱在急流中待，到这种地方来找蚌，最后肯定白忙一场！阿斯哈这个从没有过经验的毛孩子，知道什么呀！他们这么多人，别让一个孩子的瞎话蒙了呀。可是，就算知道这里没有宝珠，也得试试。一来，让大家知道，他珠把式的判断不会错；二来，也让阿斯哈接受教训，吃吃苦头，以后就好管了。

接下来的问题是，让谁去捞蚌呢？大家看这势头，都觉得这一趟又白来了，都不愿意下水。

阿斯哈站出来，要自己下水。

珠轩达喝道："你不要再胡来了，你这么矮小瘦弱，下水就是送死，别说捞蚌了，保住命都悬。"

阿斯哈说："玛法，让我下去吧，这地方是我找的，人是我领来的，就是死我也要下！"大伙儿都知道阿斯哈不会游泳，但恨他折腾大家一大早白跑一趟，又看他信誓旦旦，都等着看他的笑话。

阿斯哈二话不说，一猛子跳进汹涌的大浪里，因为穿着坎肩，竟然一点也不觉冷。水下能见度很高，石头、水草、小鱼、乌龟等都看得清清楚楚，可就是没看到蚌。他也有点着急了，在石头和水草间疯狂翻找。就这样，他找啊，摸啊，因为他穿着坎肩，在水里待的时间长也没关系。突然，“当！当！……”从船上传来铜锣声。阿斯哈知道，这是珠轩达见他久久不出水为他着急，在催他赶快上船呢。他在水下也是心急如焚，没捞到蚌，他无颜上岸。莫非格格们说的并不准确？正当阿斯哈疑惑时，忽然，在一丛水草后，他发现了一块美丽的松花石，石头光芒夺目。再细看，石头上还站着三个人，她们身上穿着银色的白纱，正向阿斯哈招手。

阿斯哈游过去一看，原来正是塔娜格格们，在用手给他指着那石块。阿斯哈正想过去和格格们打招呼，她们又不见了。他赶紧走到格格们指点的地方，翻开那块松花石，下边还是鹅卵石，什么也没有，急得他又到别处去找。

这时，船上的珠轩达和珠把式急坏了。往常，采珠丁到水里最长时间，也不过半刻钟工夫。可阿斯哈在水里都一个多时辰了，水面仍不见他的身影。船上的人都害怕了，这么冷的水，一个不会水的人一个猛子扎下去，这么长时间都不见动静，肯定憋死了，要不也得冻死。

就在他们焦急的时候，突然有人骑马来报信，说打牲衙门刚接到圣旨，让他们赶快上交一等珠。真是雪上加霜，珠轩达一听，两腿哆嗦，声音发抖。现在不但交不上宝珠，人都保不全了。所有人都在唉声叹气。

在这愁云惨雾中，众人突然发现水面露出一个脑袋。是阿斯哈！只见他钻出水面，手里并没有蚌。让众人大吃一惊的是，他怀里竟抱了一块石头！众人又大失所望，后悔纵容了这孩子的固执。阿斯哈攀上船，把石头扔在船上，大喘了几口气。原来，阿斯哈虽然没看到蚌，但他相信格格们不可能骗他，于是把松花石抱上来了。

珠轩达和珠把式对着这块石头左看右看，越看越伤心、越绝望，两人腿一软，瘫坐在船上！大家对阿斯哈又恨又同情，个个心急如焚。哎，这下完了，只有死路一条了。

阿斯哈也觉得对不起大家，他跪在珠轩达跟前，哭着说："都怪我不争气，如果朝廷怪罪下来，就把我绑了受惩罚吧，玛法，只求您以后能照顾一下我额姆！"珠轩达听了，悲伤起来："你个傻孩子，交不上贡珠，朝廷肯定拿我是问。"

大家无精打采地开船回营地，那块石头被孤零零地扔在船上的角落里。

马上就到了回程的日子了，他们这次采珠一无所获，采到的珠子都没达到上贡标准。天黑了，阿斯哈躺在床上，越想越伤心，越想越不对劲。夜深了，他怎么也睡不着，于是从床上爬起来，来到河滩上。

天阴沉沉的，月亮也不见了踪影。

走着走着，他不觉走到船上，摸到了那块石头。黑石很轻，摸起来非常光滑，仿佛还带着体温。她想着格格们和她交往的细节，想着自己在水下的经历，想弄明白自己到底做错了什么。就在他想得出神的时候，发觉船舱好像亮了许多，他以为天晴了，月亮出来了，但天上还是黑漆漆的。他再低头一看，突然发现黑石越变越亮，摸上去温度似乎也升高了，他所在的船舱竟像点了一支蜡烛那样亮堂。

这绝对不是一块普普通通的石头，格格们真的没有骗他！但他要的宝珠在哪里？

他不停地摩挲着石头，仿佛这样就能让他安下心来。突然，石纹裂开，从里面蹦出一只珍贵的呼其塔神蚌，神蚌的壳发出洁白的光，晶莹剔透。原来，这只千年老蚌隐藏在松花石里了。他学着珠把式的样子把蚌壳打开一看，马上惊呆了。只见里面有三颗宝珠，都是价值连城的宝贝！

他赶紧抱着宝珠跑下船，踉踉跄跄地跑到珠轩达门前敲起门来。珠轩达也没睡着，听有人敲门，烦躁地问："谁呀，这么晚了，有什么事？"一听是阿斯哈的声音，以为他又有什么孩子气的想法了，他不情愿地开门，第一眼就看到了阿斯哈手里的宝珠！

珠轩达惊叫一声，把阿斯哈紧紧抱在怀里。

所有人都起来了，大家围着宝珠，兴奋极了。他们连夜收拾东西，走上了回程的路。

到了打牲衙门，哈番把宝珠护送到京师，并告知是阿斯哈找到的。皇上立马下旨赏赐阿斯哈一件黄马褂和一些金银布帛，并命所有采珠人都加俸一年。善良的阿斯哈把赏银分给了穷苦的采珠丁，余下的碎银留给额姆治病。

这时候，老珠把式年事已高，告老还乡，职位由阿斯哈接替，他成了最年轻的小珠把式。

有一年，皇上和众嫔妃在御花园里赏那三颗宝珠，珠落金盆不见了。皇上宠爱众妃，命令阿斯哈再进宝珠。他接下皇差，穿上黑缎坎肩，又领人来到辉发河，上江下江摸了个遍，捉到的大小蚌蛤无数，始终不见呼其塔蚌的踪影。他上了岸，靠着卧牛石发愁。

又到了旧历十五，月朗星稀。他多么希望塔娜格格们再来相助呀。想着，想着，忽然，卧牛石下咕咚咚咕咚咚冒起水泡来，接着，水中浮起一只大蚌，正是呼其塔神蚌。阿斯哈捧着神蚌，只见蚌壳微张，射出无数道白光。阿斯哈开蚌取珠，可白光里走出的是披着白纱的塔娜格格。

这几年，阿斯哈采珠时总是渴望能见到格格们，一来向她们致谢，二来也希望在他有困难时格格们能帮帮他。但每次希望都落空了。这次重逢，他高兴极了，赶紧招呼道："格格，我终于又见到您了！您真是我的救星啊，上次多亏了你们，帮我找到了那么好的宝珠。现在我又采不到珠子了，格格能帮帮我吗？"可是他突然发现，这次他只见到一位塔娜格格，于是疑惑地问："咦，怎么就你自己呀，其他姐姐呢？"

塔娜格格脸上神情忧郁，见阿斯哈问她，眼泪顺着她美丽的脸流了下来，她啜泣着说："哎，阿斯哈，你不知道，你上次献给皇上的三颗宝珠，那就是我们三姐妹呀！我们喜欢你忠厚勤劳的品格，同情你母病父丧的遭遇，更敬佩你不惜生命救母的孝心，我们是故意帮你，好让你交上皇差。在皇宫几年，我们都非常想家，找机会逃了出来，可是逃跑途中，我两个姐姐被护宫的神将砍死，只我一人逃了出来……”

听了塔娜格格的讲述，阿斯哈羞愧不已，难过地说：“格格，都怪我，是我害得您失去了亲人，太对不起您了。”塔娜格格接着说：“哎，要说怪，还得怪贪婪的朝廷。这几天，因为你们一直在找呼其塔神蚌，我们蚌族真是遭殃了，无数蚌落入你们的手中，生灵涂炭。人类为什么这么贪婪呢？皇家睡在宝珠铺的床上作威作福，可怜的采珠丁死无葬身之地，我们蚌族更是深受其害！现在，皇上让你来抓我们，如果你愿意，那就再把我送进宫吧。”

听了塔娜格格一番控诉，阿斯哈难过极了，过了许久，他才说道：“不，塔娜格格，我阿斯哈从不贪图富贵荣华，我不知道我的一切，竟然是用你们的生命换来的，我真是罪该万死。从现在开始，我不采珠了。咱们一起去山林里过自由自在的生活吧。”塔娜格格见阿斯哈说得真诚，也郑重地点了点头。

随后，阿斯哈脱掉格格们送的黑缎小坎肩，塔娜格格用手一指，小黑坎肩变成一个蚌壳。这壳越变越长，越变越宽，最后变成一艘特别大的轮船。阿斯哈牵着塔娜格格的手，坐进船舱，回家接了额姆，从此远走高飞。

地里的黄金

很久以前，在现在的广西壮族自治区境内，人们过着特别原始的生活，渴了就喝一口山泉，饿了就吃点树上的野果。男人们出去打猎，然后把猎物烤熟了给大家分着吃。等到冬天山泉枯竭、野果吃尽、猎物稀少的时候，大家就得挨饿。

饥寒交迫的日子真是不好过，可是有什么办法呢？因为那时候民智未开，人们还不会耕种，不知道能从土地里种出庄稼，结出谷物。

这样的苦日子持续了很久很久。

终于，有一年春天，正是花红柳绿的好时节，此地来了一位先知。先知满头银发，连胡子也是白色的，但双目炯炯有神。他从北方来。大家都向先知述说他们生活的艰辛，请教他有没有什么办法可以解决饥饿问题。经过一个冬天的忍冻挨饿，大家都面黄肌瘦，身体虚弱。先知见状，很可怜他们，就说：“其实你们完全用不着过这种生活，你们这里遍地是黄金和美食。”

先知的话让大家很失望，明明一到冬天就没吃的，还湿冷得很，哪里有什么黄金和美食，这先知不会老糊涂了吧。大家都不相信先知所言，还互相嘀咕："谁信谁是傻子。"

嘿，巧了，当地还真有一个傻子，对先知的话有点心动。

他傻傻地问先知："您说的是真的吗？"

先知慈祥地对他说："是的，年轻人，你要记住，最珍贵的东西都来自土地。"

那个傻子并没完全理解先知意味深长的话，他只能从字面上理解，于是他想："既然珍贵的东西来自土地，那我就去挖地吧！"

于是，他找到铁锹和锄头之类的工具，天天在地里挖呀挖，把地上的树木、花草等都挖出来了，却没看到一两黄金，一口美食。

傻子很失望，他扔下锄头去找先知："您骗人，您说地里有黄金、美食，但我挖了这么多天，还是没挖到什么值钱的玩意儿。"

先知笑了笑，肯定地说："我不会骗你的，你以后就知道了，真的，这里的土地里真的有黄金，不信，你带我去你挖的地里看看，我帮你找出宝贝！"

先知跟着傻子来到地里，先知蹲下来，抓起一把土，放在鼻子下闻了闻，说："我敢肯定，这里确实有很多黄金，我一闻就知道了，不过，还需要你把里面那些树木啊石头啊什么的都弄走，把土地弄松软、平整，然后我帮你施个法术，地里就会长出宝贝。"

傻子一听，很高兴，赶紧来到地里，把那些乱七八糟的枯枝烂石都扔到河滩上。先知跟在他身后，变魔术似的拿出一个袋子，一边走一边掏出袋子里的东西，然后把它们撒到土里。

等傻子清理干净，袋子里的东西也被先知撒光了。先知告诉傻子："可以了，你的活儿干完了，我的法术也施完了，你耐心地等着吧。"

傻子看了看平整的土地，还是没见着黄金，于是焦急地问："您说的是黄金，我要的也是黄金，可这哪里有黄金的影子？只有光秃秃的泥土。"

先知说："别着急，黄金需要生长出来，等到秋天的时候，就有黄金了。"

这一次，傻子不信了，他心想："这个假先知，除了骗我干活儿，啥都没给我。"他生气地把先知骂了一顿。

此后，傻子又恢复了以前的生活方式，不再到地里来，还是每天去打猎、采野果，过着饥一顿饱一顿的生活。很快，几个月过去了，秋天来了，树上的野果成熟了，人们欣喜地采摘着，可是时间不长，他们就吃光了，树上变得光秃秃的；外出打猎的男人们打的猎物也越来越少了。傻子很难找到食物吃了，他经常吃不饱。

有一次，就在他饥饿难忍时，他突然想起他挖的那块地和先知对他说的话，于是离开家想去地里碰碰运气。

他有气无力地走着，快走到时，他抬头一看，面前的景象让他大吃一惊：出现在他面前的是一大片金灿灿的谷物，有稻子、

玉米、高粱等。在阳光的照耀下，稻穗发出黄金般的光芒。

傻子这才明白，原来先知的话是对的。

傻子把这些谷物收下，储存起来，在采摘、狩猎都找不到食物时，就为大家做成食物，使大家顺利地度过了冬季食物匮乏时期。为了报答先知的恩情，傻子变成一个特别勤劳、诚恳的人，还带领乡亲们一起耕种，一起提升农耕技术，人们过上了安居乐业的生活。

范丹为命运“解锁”

从前，有个人名叫范丹。他命苦，很小的时候父母就去世了，他没房屋，没地，也没钱，靠吃百家饭长大。长大后，他住到一座破庙里，靠到处打零工艰苦度日。

20 岁那年，范丹住的那座破庙里发生了一件奇怪的事：无论他如何努力地干活儿挣钱买米，米缸从来都没有满过。范丹很生气，他一直盼望着哪天把米缸填满，他可以休息几天，就不用打多份零工了。可是米缸从来没有满过，难道是有小偷在偷他的米吗?

范丹想弄明白。

一天晚上，范丹干活儿归来，把买到的米倒进米缸里，连饭都没吃，就守在米缸旁边假寐，想抓住偷米贼。不一会儿，果然有窸窸窣窣的动静，范丹眯缝着眼认真看，心想可能是贼来了。结果却发现一只老鼠，冲着米缸爬过来。

范丹睁大眼睛，一把抓住老鼠，想把它摔死，忽听老鼠说：“不要！饶了我吧，求你了求你了！”

范丹一听这老鼠居然会说话，很奇怪，便问它：“是你天天来偷吃我的米吗？”

老鼠供认不讳，但又说：“并不是我想偷你的米，是另有其人。”

范丹大声吆喝：“那是谁？是哪个家伙？”

老鼠磕磕巴巴地说：“是……是……是佛祖让我偷的。”

范丹疑惑不解：“不可能啊，佛祖以慈悲为怀，按说他不会让你来吃我这个穷人的粮食。”

老鼠说：“这我也不懂，我只听佛祖说起过你命里只有这些米，不能再多了。”

范丹更纳闷了：“为什么呀，这太不公平了。”

老鼠说：“那我就不知道了，我只是奉命行事，求你饶了我吧！”

范丹决定放了老鼠，但放它之前要老鼠告诉他佛祖住在哪里，他要亲自去问问，凭什么让他有这样惨淡的命运？他要为自己的命运“解锁”！

老鼠告诉他，佛祖住在西天，路途艰险，需要跋山涉水。

但范丹铁了心一定要去。他吃饱喝足，就气哼哼地上路了，去找佛祖要个说法。

他日夜兼程，不知走了多少路。路上没有吃的了，他就给人家打打零工挣点盘缠。

有一天，范丹赶了一天路，却一直没看到村庄，没处吃饭，他饿得头晕眼花。直到傍晚时分，才看到一处农家院。他摇摇晃晃走到门口，便晕倒了。

等范丹醒来时，见一位老人正端着一碗粥在他身边站着。见他醒了，很是高兴，把米粥喂给他吃。范丹吃完，马上恢复了精神。

老人问范丹："孩子，你从哪里来？要到何处去？怎么累成这样啊？"

范丹一五一十地说了老鼠告诉他的命里不能有满缸米的话，还问老人家有何高见。老人家摇了摇头，范丹更不服了："我就不信了，我要去问佛祖，为什么这样对待我，不公平！"

老人家劝他："西天哪是想去就去的，山高路远的，恐怕你不但到不了，连命都会搭进去。你还是认命，回去吧，能挣多少米就吃多少米吧！"

范丹心意已决，决不半途而废。

既然如此，老头也托付他一件事："既然你一定要去，那我也托你一件事，万一你见到佛祖，就帮我问问，我家有个女儿，她今年都 18 岁啦，但还不会说话，这到底是为什么？"

"好的，我一定会帮您问。"范丹欣然答应。

天晚了，范丹在老人家住了一夜，第二天一早继续赶路，善良的老人还给他带了很多干粮。

越往西走，路越不好走，崇山峻岭，大江大河，范丹却一点也不畏惧，勇敢地奔向目标。

有一天，范丹走累了，把老人给他带的干粮也吃光了，他找到一座土地庙，想到那里歇歇脚、问问路，还想看看附近有没有

人家，想找点吃的。

他刚走进庙门，土地爷就问他：“你是谁？来这里干什么？”

范丹又把他西行的目的说了一遍。

他没想到，土地爷不但没劝阻他，还对他表示同情：“哎，你看看你，都这么大年纪了，去西天可不是一件容易的事。”

“这么大年纪？不可能啊，您是说我吗？我还很年轻，我只有20岁！”范丹听土地爷说自己老，有点诧异。

“20岁？怎么可能？你看看你脸上，满是皱纹，连胡子都白了。”

旁边正好有一盆水，范丹赶紧低头照了照，才知道土地爷所说属实。原来，这一路风餐露宿，他衰老了许多。

“这条路不好走呀，你肯定走不到西天的，还是老实认命吧！”土地爷劝他。

“不，我一定要找佛祖要个说法，宁死也要去！”

“哎，你真的要去？既然如此，如果见了佛祖，你一定帮我问问，我已经当了上千年的土地爷了，可是还不能上天，到底是为什么呀？”

“好嘞，我记下了，到时候一定帮您问。”范丹痛快地答应了。

范丹告别土地爷，土地爷最后叮嘱道：“前方有条河。你可以走右边的近道过去，其他道路崎岖难走。这条河水流湍急，非常难过，如果你能过去，就到了西天。”

范丹谢过土地爷，继续往西走。走着走着，果然见一条大河横在前面，只见河水浑黄，汹涌的浪头击打着河岸，即使有条大船也难过，何况范丹还身单力薄。范丹抬头看向河对岸，那里云雾弥漫，什么都看不清。范丹想，虽然自己从小喜欢游泳，但也没在这样的河里游过。

他在岸边用竹子编了个竹排放入水中，自己跳上去，向对岸撑去。可是，流水太急，还没走到河对岸，竹排已被打得稀巴烂。

范丹无奈跳下水，可是，他并没跳进流水中，而是落到一只大乌龟背上了。

乌龟好像知道范丹的来意，它问："老人家，如果我没猜错，你应该也是去西天问佛的吧？"

范丹说："对，你怎么知道的？"

乌龟说："像你这样的人我见得多了。请问你要去问什么？"

范丹又把自己的经历一五一十地说了一遍。

到了河对岸，乌龟也托他办一件事："见到佛祖后，拜托你帮我问问，为何我只能在这冰冷浑浊的水里生活，不能像龙一样在天空飞翔？"

"没问题，你这么仗义，驮我过了河，我会帮你问的。"范丹答应了。

这一路走来，范丹发现原来这么多对佛祖不满的，世间有太多不平事了，自己一定好好和他评评理！

他整整衣装，向前方山上的大殿走去。越来越近了，范丹发现佛祖正坐在殿前，没等他说话，佛祖就先开口了："范丹，你终

于来了，我知道你有事要问我，你是问自己的事呢，还是问别人的事？”

范丹直言：“都问。”

“那不行，你只能二选一。”

范丹一听犯了难：如果问自己的事，一来，对不起那些帮过他的朋友，答应别人的事就应当做到，要诚实守信；二来，同其他的事比起来，自己的事好像也没那么重要了。可是如果不问自己的事，那不就白来了吗？为了能来到这里，自己吃了多少苦啊。

他思前想后，终于下定决心：问别人的事。于是他把救自己命的老人、给他指路的土地爷和背他过河的乌龟托付的问题，都向佛祖问了一遍，佛祖都一一回答了。

范丹谢过佛祖，急急忙忙向山下走去，他要把答案尽快告诉他那些恩人。

范丹很快到了河边，乌龟正在那里等着他。一见到他就问：“你帮我问了吗？以前那些我驮过河问佛的人都没帮我问到答案。”

范丹说：“放心吧，我问了。”

“太好了，佛祖是怎么说的？”

“佛祖说，因为你身上带了太多东西；还有，当遇到天灾人祸时，不要只顾自己。”乌龟听了点点头，说：“我身上有避地珠、避水珠、避火珠、避风珠，我把它们都给你吧。”它把范丹送过河，等范丹上了岸，把宝珠吐出，说：“谢谢你了，我把宝珠都给你。”范丹不要，乌龟说：“你是最适合的人，快收下吧。”说完，乌龟变成一条龙，从浪中腾空飞上了天。

范丹只好收下宝珠。带上这宝珠后，他突然感觉自己变得身轻如燕，走起路来健步如飞。很快，他来到那座土地庙。土地爷问：“你帮我问了吗？以前向我问路的人都没帮我问到答案。”

范丹说：“放心吧，我问了。”

“佛祖是怎么说的？”

“佛祖说，你之所以不能升天，是因为你还贪恋身外之财。佛祖说，在这座土地庙后，你埋了一罐金子，这金子拖累了你，如果你把金子送给别人，你就能成功了。”

于是，土地爷挖出罐子，对范丹说：“谢谢你，这金子送给你正合适！”说罢，土地爷真的飞上天去。

范丹拿着金子，又快步赶到救他的老人那里。还没走到他家，就见一个姑娘大声喊道：“爹！你快出来看，他真的回来了！”姑娘边说边转身飞快地跑回家，给她家人报信去了。

老人迎出家门，高兴地拉起他的手，把他拉到家中坐下。范丹很奇怪，因为老人并没有像土地爷和乌龟那样急着问他结果，于是便主动说：“老人家，我帮您向佛祖问了，佛祖说您的女儿见了她的丈夫就会说话。”

老人家说：“谢谢你，我女儿已经好了！”然后又说，“我要把女儿嫁给你。”

范丹连连推辞，说：“老人家，使不得。佛祖说，她只有见到自己的丈夫才会说话呢！”

老人笑着说：“是的，刚才那姑娘就是她，她一看见你，就会说话了。所以，你就是她的丈夫。”

范丹还是不敢相信，推辞道：“老人家，还是不行，我太穷了，配不上您女儿。”

“小伙子，你诚实，善良，有毅力，百折不挠，我们一家人都很喜欢你，你就是我的好女婿。”

“啊，这怎么行！”范丹摸了摸脸，继续说，“可是我长得又老又丑，土地爷和乌龟都说我是老人了，你看我已是满脸皱纹、胡子发白，而你女儿年轻漂亮，我配不上。”

老人家拿过一面镜子，递给范丹，说：“你不老，不信你看看，跟上次我们分手时一样，是个精神的小伙子。”

范丹半信半疑地接过镜子，发现自己真的恢复了原貌。

老人告诉他：“在你回来之前，老鼠已跑过来给我报信了，说你帮我问过佛祖了，我女儿只有见到适合当她丈夫的人才能开口说话。刚才一见到你，我女儿就会说话了。所以，你们俩是天赐的一对。”

就这样，范丹与姑娘成了亲，住在老人家里。他与妻子勤勤恳恳耕种，日子过得很富足。在妻子的支持下，他把土地爷赠给他的金子给了生活困苦的乡民；每逢灾害的时候，他就用那四颗宝珠帮人们度过艰难岁月。他得到了大家的爱戴，生活幸福，成功为命运“解锁”。

施公妙计寻凶手

从前，有一对一贫如洗的老夫妻，他们平生最大的财富就是有个漂亮的女儿。他们的女儿既聪明又漂亮，肤如凝脂，面颊白里透红，小名叫胭脂。

胭脂的美貌在全县都是有名的，整个县里的年轻男子都想娶她为妻，可是胭脂舍不得离开父母，所以对婚事并不上心。有个叫毛大的混混也喜欢胭脂。这个毛大，成天不务正业，经常到街上寻衅滋事，横行乡里。

一天深夜，醉醺醺的毛大翻墙进入胭脂家，他先是用毒药毒死了胭脂家的看家狗，然后摸到胭脂的房门，从门缝儿里看见胭脂正坐在灯下绣花。毛大悄悄上前，猛地推门而入，从背后拖起胭脂就走，一边走一边用手捂住胭脂的嘴。

胭脂拼命反抗着，大叫着，毛大就是不松手。幸亏胭脂手里攥着绣花针，她用尖锐的那一端使劲儿往毛大身上扎，虽然毛大身上穿的衣服厚，但还是被绣花针刺得嗷嗷直叫。他放开胭脂，想冲向围墙翻墙逃走。

胭脂的父亲听到女儿和毛大的叫声，满心愤怒，拿起一把刀就赶了过来。毛大一见，大吃一惊，转身就逃。刚要爬上墙，胭脂的父亲已经追过来了，毛大无处可逃，急得回过身来从老汉手里把刀夺过来。胭脂的母亲也起来了，见两个人影扭打在一起，便高声喊叫。毛大见逃不了，就用刀杀死了胭脂的父亲，翻墙逃走了。

胭脂自己险遭不测，父亲又被害，对凶手万分痛恨。在邻居的帮助下，她找人写好状子，请求当时的学使（即学政，是提督学政的简称。与巡抚、巡按等平行，都是三品）施愚山帮她找到并惩戒凶手。

施愚山仁慈又公正，深得百姓爱戴，人们称他为施公。

见到施公，胭脂跪着说了事情的来龙去脉。因是夜晚，坏人是从背后抱住她的，她根本看不清坏人的脸。虽然用绣花针刺了坏人，但应该无伤痕。父亲虽和坏人扭打在一起，但是父亲已经死了；外面黑漆漆一片，母亲更是看不清凶手的模样。

虽然施公断案无数，经验丰富，但这个案子还是让他发愁，因为一点线索也没有。即使没有办法，也要找到办法，施公暗下决心。

施公先安慰胭脂姑娘一番，让她回家耐心等待，然后把自己关进书房，全神贯注地分析案情，想对策，一夜未眠。到天亮的时候，施公心里有了一个计划。

为了能迅速锁定犯罪嫌疑人，他先让人找出那些追求胭脂的年轻人，列了个清单，一一调查。很快，调查结果出来了，这些人中，多数人都有正当职业，品行端正。只有四个人除外，他们分别是毛大、王二、龚良和宿介。他们都是混混，不干正事儿，整天在街上惹是生非。施公把这四人找来，但他们都说：“不是我干的。”

施公见状，并不着急，因为他想到了让他们不打自招的好办法。

第二天早上，施公将四个嫌疑人带到城隍庙中，让他们跪到香案前。

施公对他们说：“前几天我梦见城隍菩萨，他告诉我，杀人犯就在你们四个人之中。现在你们面对城隍，不要说假话，如果能自首，可以宽大量刑；如果说假话，查出来就不轻饶！”但这四个人还是喊冤。

施公让人把刑具搬来放在旁边，命人把这四人的头发扎起来，脱去他们的衣服，吓唬他们说，再不招就要用刑。他们又大声喊冤，乞求饶命。

施公顺水推舟，让人把刑具撤去，对他们说：“既然你们不肯招，那就请菩萨来指认凶手吧！”说完，他让人拿来毛毡、被褥，把庙中大殿的门窗遮了个严严实实。

那四个人光着上身，被押到大殿里。开门一看，地上有一盆水，差役让他们先洗手，然后把他们分别拴到墙下，然后命令他们：“你们面对墙壁站好，谁也不准动。等一会儿，城隍菩萨会在真正的杀人凶手背上写字。”

说完后，差役关了门，屋子里顿时漆黑一片。过了一会儿，

施公把他们叫出来，查看每个人的背，突然指着毛大说："你就是杀人凶手！"

原来，施公已事先让人把煤灰涂在墙上，又让这四个人在煤灰水里洗了手。在漆黑的大殿里，毛大怕菩萨在他背上写字，就把背靠在墙上，所以背上粘上了煤灰；到出门时，又怕菩萨已经在自己背上写了字，于是又用手摸了几把，背上已有很多黑印。

施公在审案时，本来已疑心毛大，这样一来，更证实了他的判断。他就把毛大拉到大堂专审，毛大见抵挡不过，就把杀人的经过如实招了。

此案后，施公在当地更有名了。至于毛大，也受到了应有的惩罚。

樵夫智救公主

从前，山里面有个叫小武的樵夫，他正直善良，有侠气，经常路见不平拔刀相助，谁家有干不完的活儿，他都会热心相助，乡亲们特别喜欢他。

有一天，小武上山帮孤寡老人砍柴，突然天色大变，乌云压顶，而且那乌云的形状非常怪异，像个人形。他定睛一看，黑云上还似乎躺着一个漂亮的、裙裾飘飘的姑娘。

小武经常听人说当地有妖怪，妖怪经常化身黑云抢走漂亮姑娘，他断定这次一定也是，于是他拿起斧头，瞄准云头，用力甩了过去。紧接着，斧头冲向天空，稳稳地砍中了黑云。只听哎哟一声，从天空滴下红红的血来。黑云翻滚扭动了几下，加快速度向天边飞去。

前面是一道山梁，黑云飞过山头，不见了。小武边跑边查看地上的血迹，顺着血印快速跑着，他翻过山，来到山后一个山洞口，地上没有血了。他断定妖怪就藏在这个山洞里，于是他俯身向洞内看去，发现从洞口往里一点，就是一个向下的洞口，洞口

太深，向下看什么也看不到，但能听到里面有嘈杂的声音，小武想：“看来这是个妖怪洞呀，妖怪还不少呢，如果现在贸然下去，肯定招架不了，不仅救不了姑娘，连自己的命也会搭进去，不如先回去想想办法，想好了再来搭救这位姑娘。”

他从山后转到山前，从山上下来，走向了回家的路。路上，小武时不时听到人们聚在一起议论着什么大事，后来他忍不住，就上前打听。原来，就在上午，皇上唯一的女儿正在后花园赏花，突然就莫名其妙地失踪了，旁边的几个侍女说只看到一阵狂风吹来，吹得尘土飞扬，大家都被沙子迷了眼，再睁眼一看，公主不见了。

皇上悲痛不已，宣布如果有适龄未婚青年救回公主，就把公主嫁给他。大家议论纷纷，都觉得这事无头无绪，一点线索也没有，根本无从找起。这时小武才恍然大悟，原来被妖怪抢走的姑娘是公主呀！小武急忙奔向皇宫去拜见皇上，信心满满地说：“陛下，请您放心吧！我知道公主在哪里，我能帮您把公主救出来，但需要您给我五百只羊、一把斧子、一个系铃铛的筐子和一条长绳。”

只要能救公主，这点条件算什么呀，太简单了。于是皇上就答应了小武，还另外让大将军领了一队士兵给小武做帮手。

当天晚上，小武就住在皇宫里，和大家一起商讨营救计划。第二天一早，小武领着参与营救的官兵来到妖怪洞口，让人把一只羊系在绳子上，从洞口吊进漆黑的洞里。

几个士兵向下续绳子，过了一会儿，绳子续不下去了，只听洞下传出一阵喧闹，绳子瞬间就轻了。他们往回拉绳子，绳子上没了羊。小武让士兵再用同样的办法放羊下去，然后再拉上来，再放下去，直到把几百头羊全放下去。最后，士兵再往回拉绳子时，感觉这回绳子特别沉，羊没有被吃掉，原样回来了。

小武笑了笑，说："羊回来了，说明下面的妖怪吃饱了，我们要下去救人了。"

士兵们眼中露出惊恐的神态，都连连摇手，谁都不敢下去。小武操起利斧，让人拿来带铃铛的筐子，把绳子系在筐子提手上，说："你们守好洞口，我下去对付妖怪。如果我摇晃铃铛，你们就向上拉筐。"说完，一下跳到筐子里，士兵们像先前放羊那样把他放入洞里。过了好一会儿，绳子没法往下续了，士兵们知道筐子已经到了洞底。

洞里很黑，但小武前面有一点亮光，便悄悄跳出筐子，向那里蹑手蹑脚地走去。他躲在一块巨石后，探头一看，不禁出了一身冷汗。原来，那些亮光是小妖怪的肚皮发出的，在一个大大的厅里，足足有几百个小妖怪，个个都吃得肚皮浑圆浑圆的，正打着呼噜酣睡呢。小武趁机挥起斧头，把熟睡的小妖怪们都砍死了。

可是，公主在哪里呢？

小武侧耳细听，忽然听到有女子在哭，他料定是公主在哭，于是循声找去。

走着走着，小武来到一处建得同地面上的房子一样精致的院落，轻轻推了一下门，门虚掩着，于是他悄悄走了进去，发现公

主正在院子里掩面哭泣。小武走上前，小声说道："公主，请不要出声，别哭了，我是来救你的。"

公主立马停止哭泣，疑惑地问："你是谁？怎么找到这里来的？"

由于时间紧急，小武长话短说，给公主大概说了下事情经过。公主连声感谢，小武说："公主，我们得赶紧离开这里，劫持你的妖怪呢？我们要想法制住他，以绝后患。"

公主告诉他，那妖怪因为前一天挨了一斧头，受了重伤，失血太多，现在正躺在床上呢。

小武灵机一动，交给公主一个任务，让公主进屋，与妖怪周旋一番，想办法拖住妖怪，他藏到隐蔽地方，伺机行动。

公主略一思考，便起身走到妖怪的床边，柔声说道："大王，您感觉好些了吗？"妖怪呻吟着说："哎哟，疼死我了。等我好了，一定去捉住那个可恶的樵夫，让他不得好死。"

小武一听，不禁出了一身冷汗。公主忙岔开话，说："您头上包扎伤口的布该换了，我帮您敷药，重新包一下吧。"妖怪见公主这么乖顺温柔，非常满意，就乖乖地躺在那里等公主敷药。公主找出药粉，拿水和好，轻轻揭下包伤口的布，说："大王，请您闭上眼睛，以防药水流到您的眼睛里。"妖怪真的闭上了眼睛，公主三下两下用布条把妖怪的眼睛蒙上、扎紧，小武趁机从门后跳出来，挥斧砍向妖怪，妖怪听到动静，赶忙去掀眼睛上的布条，但已经来不及了，小武几斧头下去，妖怪一命呜呼。

他们长出一口气。小武拉着公主的手跑出庭院，向洞口筐子处冲去。筐子是小武根据洞口大小准备的，里面只能装一只羊或一个人。于是他让公主坐进去。公主担心地说：“不知洞内是否还有其他危险，还是你先上去吧。”小武对公主说：“即使有危险，你在下面更对付不了，我随后就能出去。”公主谢了小武，小武摇摇铃铛，洞口的士兵赶紧拉绳子，筐子徐徐升起，越升越高。

再说被皇上派来的大将军，他见公主出了洞，赶紧派兵找到一顶轿子，让他们抬去皇宫。公主对他说了洞下的情况，然后说：“救我的恩人还在洞下，你们赶紧放下筐子，把他救上来。”

大将军说：“公主受到了惊吓，应尽快回宫休息。您尽管放心，我们随后就救他出来。”之后，他吩咐士兵，护送途中一定要小心，不能出任何差错，也许还有没被杀死的妖怪出来抢公主。为此，他只留下一个帮手，让其他人都去参与护送了。

等护送队伍走后，他起了歹意，想抢了小武的功，然后娶公主为妻。将军让留下的那个士兵在洞口放绳子，趁他不注意，一脚把他踢下洞，剪断了绳子。然后，他又找了些木头、大石丢进去，把洞口彻底堵住了。确定再也不会有人从洞口爬出来后，他把自己的衣服撕烂，在自己身上弄了几处外伤，装出一瘸一拐的样子，向皇宫走去。

回到皇宫，大臣向皇帝汇报说：“陛下，小武根本没把妖怪杀光，公主走后，地洞又有几个妖怪杀了上来，嚷着说已经把进洞的那个人吃掉了，还要把我和留下的士兵都吃掉，然后再去抢公主，还说要杀了皇上您。我们挥剑与他们博斗，可惜我的手下被妖怪吃了。我拼尽全力，把妖怪杀了。为防后患，我把妖怪的尸

体扔回地洞，把地洞彻底堵死了。”

皇上一听，觉得最后救公主命的还是大将军。大将军武艺高强，皇上平时就挺喜欢他，与那个樵夫比起来，皇上更愿意把公主嫁给大将军。于是，皇上便宣布遵守之前的诺言，将公主嫁给大将军。

公主知道后，为小武痛惜不已。他虽然不太喜欢大将军，可是皇命难违，只好答应了，但由于之前受惊吓过度，一回宫就病倒了。

皇宫的人开始紧锣密鼓地张罗筹办公主与大将军的婚礼。

再说那小武，公主坐着筐子离开地洞后，他一直抬头盼着筐子下来，可是左等右等，不仅没等来救命的筐子，却等来了要命的石头。

石头从洞口直接扔下来，把出口完全堵住了。他尝试着挖开那些石头，可是他一动，上面的石头就滚下来，有一块差点砸到他头上。他明白，肯定是有人要置他于死地。

小武不甘心，于是努力寻找自救的办法。他四处寻找出口，可是除了那个被石头堵住的洞口，周围都是冰凉阴暗的石壁。他转来转去，突然发现洞里还有个水池，里面有一条金鲤鱼。这金鲤鱼的背上有一颗钉子，它正用尾巴拍打着池底，和小武一样也在垂死挣扎。

小武蹲下身，用力拔出金鲤鱼身上的钉子。金鲤鱼跳了一下，竟然摇身一变，变成一个英武的少年。少年对小武拱手道谢：“谢谢你救了我，我是龙王三太子，因贪玩被妖怪抓来，他把我囚禁在这儿，想要挟我父王。我有能力报答你，告诉我，你想要什么？”

小武喜出望外，说只有一事相求，就是带他离开这个地洞。

三太子说：“没问题，对我来说易如反掌。”于是，他取出两粒一红一白两色药丸递给小武，说：“你先吃一粒白色的，能够防止呛水，我要带你从水路出去。另一粒红色的你好好保管，以备有危难时可救人一命。”

小武乖乖服下白色药丸，在龙王三太子的帮助下，穿越地洞石壁，从水路逃了出来。临别的时候，龙王三太子还送给小武许多海里的珍宝。

小武脱险后，立刻进宫，把事情的经过都说了一遍，还把所有珍宝都献给了皇上。

大将军的罪行暴露了，皇上震怒，连夜拘捕大将军审问。面对小武，大将军只好如实交代了。

小武听说公主病了，病得越来越严重了，于是让皇上派人把那粒红色药丸让病榻中的公主服下。过了片刻工夫，公主就恢复了健康。

小武两次救了公主，皇上非常高兴，立即宣布把公主嫁给小武，大将军则因为杀死手下、预谋杀人和欺君之罪而被判处死刑。

金钗井

我国四川境内有个地区叫自流井区，因产盐而出名。这个地区的井里流的可不是一般的水，而是盐水。很久以前，当地人就靠卖盐营生。他们从井里取盐水，再把盐水晒成盐拿到市场上交易。因此，这样的井也被称为盐井。

当地众多盐井中，有一口井特别独特，它名字很好听，叫金钗井，而且产盐最多。不仅如此，它背后还有一段曲折感人的故事呢。

很久以前，在这住着一个寡妇。这个寡妇很能干，自己带着几个孩子过日子，虽然家里很穷，但她很要强，总是梦想着凭借自己的本事过上好日子。为了这个梦想，她整天想各种办法挣钱。

有一天，寡妇有了个不错的想法，她想："都说靠山吃山，靠水吃水，我应该靠盐吃盐。如果我们家能挖出一口盐井，那盐就是钱啊，我们家就不愁吃穿了。"之后，寡妇就果断地变卖了丈夫留给她的家产，请来当地技术最好的掘井工为她挖井。

为了让工人全力以赴干活儿，寡妇给他们提供了最好的食宿，每天都给他们吃得很好，自己和孩子吃得很差。

工人们也尽职尽责，可是连续挖了很多天，挖出来的全是石屑，没有盐水。

工人们有点失望，寡妇很坚强，她说："可能深度不够，我们接着挖。"

又过了三个多月，坑已经挖得很深了，比一般的井都要深很多，可还没挖到盐水。挖井的工人们彻底失望了，觉得寡妇每天给他们吃那么好，非常过意不去，于是就劝她说："这地方可能不对，您看挖了这么久，还是没有盐水，还是别继续了吧。再这样下去，不但挖不出盐水，您还要给我们工钱，还要供给我们食宿，这两项，就会让您家日子更拮据。"

但寡妇还是不想放弃，她谢过工人们的好意，转身进屋，又找出些平时积攒的布匹，对他们说："请你们放心，麻烦你们再坚持挖三天吧，我去集市把这些布匹卖掉，足够你们的工钱。三天后还没有盐水出来的话，我也就死心了！"

工人们见她这样坚持，就又挖了三天，但可惜的是，还是没挖出盐水，只有石屑。

工人们都准备收工了，没想到寡妇还是不死心，又找出几担米，央求工人们再坚持挖三天。

工人被她这股子劲感动了，又挖了两天，还没有盐水出来。到了最后一天，寡妇家里实在没有什么东西变卖了，于是决定放弃。

寡妇家虽然穷，但很讲礼数，她心想：即使是结束了，也要圆满地结束，感谢工人们这么久辛苦的劳动，要好好招待他们吃顿饭。可是拿什么去买吃的呢？她还有一支金钗，那是她家祖传的，她母亲传给她的时候就吩咐过，不到万不得已，一定不要卖。这次，她决定把它卖了。于是，她卖了金钗，得了一些钱买了些吃食。工人们更过意不去了，总觉得没挖出盐水来，还白吃了这么多天好饭菜。

寡妇安慰工人们说：“这事不赖你们，是我的决定，要怪也怪我命不好，跟你们无关。”

工人们听说寡妇把传家的东西卖了，都被她的仗义和大气感动了，于是他们聚在一起，商议要免费再挖三天，即使还挖不出盐水来，至少能对得起寡妇的厚道，这样大家心里能好受些。大家一致同意。到了第二天，他们又挖了起来。

又连挖了两天，还是没有盐水，但工人们一诺千金，坚持挖满三天。第三天的黄昏时分，正当他们准备收工时，盐水突然喷了出来！大家欢呼不已。真是功夫不负有心人啊。

正是因为这口盐井挖得深，所以出盐量非常大，成了当地出盐最多的一口盐井。从此，寡妇和她的孩子们再也不用为生活发愁了，靠这口盐井过上了富足的生活。

很快这件事就传遍了当地，人们都佩服这个寡妇，觉得她虽然穷，但志不短，还善良有气度，是她的人品感动了盐工，大家佩服她卖掉金钗继续鼓励工人挖井，于是就给这口盐井起了个名字——“金钗井”。

神奇的枕头

从前，有一对难兄难弟，哥哥叫大宝，弟弟叫小牛，他们很小就没了父母，全靠邻居们施舍度日。后来，他们慢慢长大了，大家觉得他们有能力养活自己了，就不再轻易给他们东西。

这对兄弟反差挺大的，大宝长得虎头虎脑的，个子却不高。而小牛虽然小一些，却长得高大强壮。也就是说，哥哥看上去像弟弟，弟弟看上去像哥哥。眼瞅着帮他们的人越来越少，哥哥整天抱怨："我们怎么没有生在好人家呢，我不想整天看人脸色。哎，难道一辈子要吃苦流浪吗？"弟弟却很乐观，每当哥哥抱怨时，他都在一旁打气说："哥哥你别难过，有我在呢，只要我们肯努力，一定会过上好日子的。"哥哥听了，总是不以为然。

他们为了糊口，四处流浪，这天，他们来到一个村庄。这里环境优美，地里种满了各种农作物，都生长得很好。村民们很富裕，也非常善良。有一家人看这哥儿俩很可怜，就专门为他们做了一顿好饭。吃完饭后，这家的老人还带领小哥儿俩去田里参观。老人一边照顾果树一边教育兄弟俩："人的成长和果树一样，要除草、剪枝，不能长歪了。”小牛心里想：这位老爷爷家这么富裕，他家有这么多果树，他一定知道怎么才能过上好日子！于是礼貌地问道：“老爷爷，您是怎么过上好日子的，您肯定有经验，您能告诉我吗？”

大宝也说：“是呀，您快告诉我们吧，我们也想过上好日子。”

老人看了看他们，笑着说：“孩子，我告诉你们一个办法。你们去找瓠瓜吧。看到远处那座山了吗？你们向那个方向走，一定能找到两个大瓠瓜，你们把它们摘下来，晚上睡觉的时候，就拿它当枕头，这样就能过上好日子了。”

弟弟听信了老爷爷的话，决定一路向北，寻找能当枕头的瓠瓜。

哥哥却说弟弟傻，说那老头儿明显是骗人的，瓠瓜怎么能当枕头呢？单凭瓠瓜怎么可能发家致富呢？这就是骗小孩子玩的。

哥哥虽然不相信老爷爷的话，但也没有其他办法，见弟弟往北走，他也跟着往北走，反正往哪里走都是流浪嘛。

他们过了一村又一村，再也没有遇到那么富裕的村子，也没有找到瓠瓜。

大宝泄气了，要求弟弟换个方向，说不定还能遇到一户富裕的人家，能混上一顿好饭吃。

小牛鼓励哥哥说：“哥哥，我们再坚持找找，如果找到了，我们就不用受苦了。”

无论弟弟怎么哄，大宝都不肯迈步了，最后，他破罐子破摔，躺在地上耍起赖来。

小牛拽着哥哥的胳膊，想把他拽起来。正在这时，远处驶来一辆马车，小牛让大宝起来让路，大宝却不管不顾，躺在地上不动。

马车停了下来，一个衣着华丽的妇人从马车上下来，她不仅没有因为有人挡道而生气，反而和气地问小牛："可怜的孩子，你们这是怎么了？"

小牛便对贵妇人说了他们的身世，还说了老人告诉他们的话。

大宝见来者是个有钱人，便从地上爬起来，他躬身向前，问道："大婶，我看您面善，您能告诉我们能让人过上好日子的、能当枕头的瓠瓜在哪里吗？我们都找了好久了，瓜没见到，人快累死了。"

妇人对瓠瓜一点兴趣都没有，也没有告诉他们哪里能找到瓠瓜，而是说了自己的想法："真是有缘啊，也许上天就是让你们遇上我才安排人告诉你们去找瓠瓜。你们跟我走吧，我保证能让你们过上好日子。我虽然很富有，但我没有孩子，你们跟我回家，给我当儿子，给我养老送终，我会把你们当亲生儿子一样对待，将来我的家产全是你们的。"

这话让大宝兴奋起来，他像见了救星一样，当即同意给贵妇当儿子，马上改口认妇人为娘。可是弟弟小牛一直在迟疑，他不愿平白无故让人养着，他还是想着去找瓠瓜。但哥哥一再坚持，觉得弟弟真是傻瓜，有这等好事还不赶快答应，便一再给小牛使眼色，拉着他的手紧紧不放。小牛虽不愿意，但他又不放心哥哥一个人过去，便想跟着一起过去看看情况再说。

妇人见两兄弟同意了，便让仆人把他们扶上马车，车夫快马加鞭，来到了妇人家。

果然，妇人家有座豪华的庭院，家里有数不清的良田、铺子。大宝一见，惊喜异常，与弟弟说："老人说的话准了一半儿，他指给我们方向，让我们去找瓠瓜，如果我们不向那个方向走，就遇不到这样的好事了，现在我们终于可以过上好日子了。"

见妇人领回两个清秀的男孩，妇人的丈夫也挺高兴，但他非常迷信，他找来一个算命先生，要给这哥儿俩算算命，看看与他们合不合，测一测吉凶。

算命先生拿了妇人的丈夫一笔钱，又偷偷找到这哥儿俩，让他们单独再给些钱，这样他可以多说一些好话。他们刚来这里，虽然妇人给他们换上了华衣美服，但手里没有钱。大宝偷偷拿了妇人家的钱给了算命先生，小牛却正色拒绝了。

那天，算命先生和夫妇俩、大宝、小牛聚在厅堂，算命先生假装打量哥儿俩半天，又是摸骨又是看手相，最后告诉夫妇俩，大宝有孝心，多子多孙，是个大富大贵之人，能旺家；而弟弟小牛呢，命里不带福相，得多多管教。

就这样，夫妇俩成了他们的养父母，但对他们的态度很不同。因为听了算命先生的话，他们便对小牛有了偏见。加上小牛不如大宝嘴甜，夫妇俩把哥哥大宝捧上天，让他吃好的喝好的，对他宠爱有加，对小牛则经常打骂。若不是为了和哥哥在一起，小牛早就走了。即便是寄人篱下，小牛并没绝望，他还是想着他的瓠瓜梦："我一定不放弃，老人是个善良的人，他肯定不会骗我的。"

他想："现在我不能出去找瓠瓜，那我不妨自己先种一棵试试！"到了春天，小牛在屋子的门口栽了一棵瓠瓜。

瓠瓜慢慢长大，很快就在瓜藤上结出一个个大小不一的瓠瓜。等瓠瓜成熟，小牛用刀割下瓠瓜，放在太阳地里晒干。之后，他又挑了最大的那个抱回屋，放在床上当枕头。

当天夜里，小牛枕在瓠瓜上，但睡得并不踏实，因为瓠瓜两头不一样高，皮又光又滑，他刚把头放上去，不一会儿头又溜了下来。但小牛牢记着老人的话，坚持睡瓠瓜枕头，睡不踏实他干脆就不睡了，每天都早早起来，卖力地干活儿。

当小牛一天天勤奋劳作时，大宝则每天睡在柔软舒服的床铺上，人变得越来越懒，每天只知道吃喝玩乐，吃了睡，睡了吃。他们的养父母见小牛踏实能干，能吃苦，也就慢慢接受了他。

就这样过了几年，养父母相继去世。弟弟还是每天勤恳劳作，哥哥却好吃懒做，整天挥霍无度。

弟弟对哥哥说："虽然我们现在不缺吃喝，但还是要勤俭持家。"

哥哥一听，嗤笑道：“你脑子坏掉了吗？我们继承了这么多财产，够我们吃喝两辈子的了，我干吗要过苦日子？我已经过够以前那样的日子了。”

见哥哥执迷不悟，小牛很伤心。一天，小牛抱着瓠瓜枕头不辞而别。

小牛走后，大宝并不在意，更是过起了无拘无束、吃喝玩乐的生活。

小牛回到当初遇到养母的路上，继续向那座山走去。他手里抱着一个瓠瓜，心里装着一个瓠瓜，不停地走着、寻找着。路上，为了养活自己，他就帮人做工。由于他干活儿踏实，细致认真，不怕苦不怕累，人们都喜欢找他。

后来，小牛慢慢稳定下来，并不急着赶路找瓠瓜了，他攒了一些钱，买了地，建了自己的房子，有了一个舒适的家。

又过了几年，大宝因为挥霍无度，还沾染了赌博的恶习，钱财很快就败光了，他卖了房子、铺子和田地，只能流落街头。这些年他好吃懒做，身体也差得很，干不了什么活儿，他也不愿意干，只能继续当乞丐。他觉得丢脸，不愿意在当地露面，更怕遇见他的弟弟，于是流浪到外地去了。

这时，小牛却成了当地最富的人，还娶了一个温柔贤惠、美丽善良的姑娘。婚后夫妻同心，一起努力踏实地过日子。小牛虽然不枕瓠瓜枕头了，但已习惯了早起干活儿。

有一天，小牛夫妻俩晚上睡不着，就聊起天来，小牛对妻子说：“早些年我还总是想着去找老人让我找的那个瓠瓜，后来我懂了，老人让我找的并不是瓠瓜，而是让我学会怎么努力生活，如今他的话果真应验了，我现在这么幸福，很大程度上是因为那个瓠瓜枕头呀。”

妻子连连点头，补充道：“是呀，人只要不懒惰就一定能有好日子过，就能幸福。”

他们都知道，幸福的秘密不在于瓠瓜本身，而在于瓠瓜带来的勤奋。

一枚铜钱

清朝时候，浙江有个叫陈儒的人，他酷爱读书，文章写得好，算术也好，可惜总无法考中。

后来他父母去世，实在无钱读书了，便放弃学业，做起生意来。因为他人品好，有学问，又懂经商之道，很快就赚了一些钱。可是，天有不测风云，一场意外的大火烧光了他所有的家产，他只身逃了出去，才捡了一条命。

就这样，他无家可归了，只能到处找活儿干，过着饥一顿饱一顿的生活。一天，他没挣到什么钱，晚上没吃上饭，饿着肚子找了一间破庙想暂住一晚。

他做了一个梦，梦见一个算命先生对他说："陈儒，从今天开始，老天爷对你的考验就结束了，以后你就不会活得那么困难了。不信的话，你醒后到门口第三块青石板下找一找，那里有给你的东西。"

陈儒已经过了好多天衣食无着的日子，一听马上要有好日子过了，他立马醒了，急不可待地掀起门口的第三块石板。借着明亮的月光，他发现了一枚铜钱。

陈儒很失望，这一枚铜钱能有什么用呢？哎，梦就是梦，怎么可能当真呢？可是如果不是真的，这青石板下怎么真的有东西呢？他掀起其他石板，下面除了泥地还是泥地。

这一枚铜钱真是蹊跷，他拿着铜板，重又躺回床上，在疑惑中又睡着了。早上，他饿醒了，肚子正咕咕叫。他一翻身，意识到手里还攥着一枚铜钱，他马上又想起那个梦。现在铜钱在手，他又觉得这钱来得可真及时。

于是他拿着这钱走下山，来到一家面馆，买了一碗面条。快吃完时，他突然发现面馆角落里有一个布包，可能是刚才吃饭的人丢在这里的。

他故意放慢吃面的速度，等了好久还没人来拿，而面摊老板也没有发现，于是他便好奇地拿过来，想看看是里面有什么。他打开一看，发现里面都是一些收货的凭证。

凭借他之前经商的经验，他知道，这应该是一位生意人丢的，失主一定很着急，因为这里面的票据都很重要。交给别人他不放心，于是他决定就在这里等失主。

他吃完面，把布包夹在腋下，便坐在面馆门口等了起来。这时太阳已经升起，阳光照在他身上，加上刚吃了一碗面，他感觉又温暖又惬意。

过了一会儿，他看见路上走来一个商人模样的人，只见他脚步匆匆，快速进到店里，向各个角落张望了一番，又问里面吃饭的人，大家都摇头。那人又找到面馆老板，老板也摇头。

见所有人都摇头，那人急得跺着脚团团转。陈儒这才站起身，把包藏在自己身后，走上前去问那人："你是在找什么东西吗？"那人说："是的是的，我丢了个包，里面有很重要的东西。没了它们，我货款都收不上来，生意就完蛋了。"

陈儒就说："你别着急，我捡了个包，但要核对一下是不是你的，你说说你包里都有什么吧。"商人记得很清楚，一五一十地说了。陈儒一核实，果真是他的，就将包归还给了商人，还嘱咐他以后千万得多加小心。

商人感激不尽，想好好酬谢一下这个年轻人，于是从包中拿出一张数额不小的银票给他。陈儒摆摆手，坚持不收，还说这是他应该做的。商人上下打量着他，看他身上衣服破旧，不像有钱人，却并不贪财，内心很是感激、赞赏，想更多地了解他。

商人招呼面馆伙计，点了一壶茶、一些点心，然后请陈儒一起坐坐，陈儒答应了。两人找到一处安静的角落，喝起茶来。陈儒也曾在生意场待过几年，所以待人接物都很有气度，商人觉得这个年轻人虽然清贫，但不寒酸，衣衫破旧但很干净，脸上神情不卑不亢，让人很舒服。于是商人问他以前都做哪些营生，现在境遇如何，陈儒就说了自己的经历，说自己家因遭遇火灾，自己身无分文，无法再继续做生意。

商人听后，非常惋惜，又了解他做生意的才干，觉得他是个不可多得的人才，以后肯定能东山再起。等喝完茶，他领着陈儒到街上买了几件好衣服，让他好好收拾了一番。

商人看着焕然一新的陈儒，很满意，于是把他领到一个商铺，这里的老板是商人的朋友。商人把陈儒介绍给老板，说这年轻人如何有才，人品又如何如何好。老板一开始还有点犹豫，但听商人讲到最后，立马对他肃然起敬，马上答应让他留下来，给商铺当账房先生。

这家商铺的规模在当地数一数二，很有影响力。年轻人在这里干得不错，老板很信任他，给他的待遇也不错。

过了几年，商铺生意受市场影响，变得很不好，很多货物无法及时出售出去。老板打听了一下行情，判断这种情况一时半会儿也不会有转机，反正家里也早就有了一定的积蓄，不太爱操心了，于是便把商铺交给陈儒，让他当家，自己出门游山玩水去了。

老板前脚离开，商机却来了，商铺里囤积的商品供不应求，价格看涨。陈儒抓住机会，为商铺赚了很多钱，把之前的亏空填平之后，还有很多盈余。

半年后，老板回到商铺，他本想回来就把店铺关张，没料想账房先生帮他赚了个盆满钵满，非常高兴。老板见这个年轻人能力这么强，还无比诚实，这样的人才太难得了，就决定把所有的利润都给他，自己只收本钱就行。可是陈儒不同意，除了自己的工资，多一分都不收。

老板不甘心，为了答谢陈儒，又想了一个好办法。他刻了一个图章交给陈儒，规定从此以后售货时每一单业务都必须经账房盖章，每盖一个章，就从盈利中扣除一枚铜板，这些钱都归陈儒。陈儒同意了。

一枚铜板看着不起眼，但积少成多呀。一年下来，他的收入增加了几倍。就这样过了几年，陈儒又成了富甲一方的富商。

这么看来，陈儒之所以能发家，还真亏了那枚铜钱呢。不过，陈儒之所以时来运转，不是靠上天，而是靠他的诚实守信和踏实能干。这个故事在当地传开后，大家受此启发，都决心做一个善良、诚实、守信的人，因为只有这样的人才会获得信赖，拥有长久的财富和幸福。

天下乌鸦一般黑

从前，在河南某地的农村，有户家财万贯的财主，财主家有个叫明旺的长工。

明旺从七八岁就来到财主家干活儿，虽然日子不好过，但也总算有吃有喝有地方住。而且明旺聪明伶俐，嘴巴特别会说，财主对他另眼相看，不会特别欺凌他。

但有一年中原一带遭了大旱灾，财主家也收成不好，财主就让明旺离开了。为了活命，明旺长途跋涉，流落到了河北，又给一个姓王的财主家当起了长工。

这个财主可比之前那个财主抠门多了，他脾气很怪，动不动就打骂下人。明旺来到他家，一分钟都没让歇就让他去干活儿，还坐在一旁监督着不让他偷懒，不让他休息。

最让明旺受不了的是，王财主尖酸刻薄，一天到晚琢磨怎么坑下人们，特别狡猾，比如他总嫌明旺走路慢，吃得多。明旺心里憋了一肚子气，总想教训教训这个坏家伙。

一天，王财主早早让大家起来干活儿，到了吃早饭的时候，

端出一筐小窝头。窝头太小了，明旺吃五六个也不会饱。明旺吃完一个小窝头，刚想拿第二个，王财主不想让他吃太多，便假惺惺地说："明旺呀，你虽然小，但只吃一个窝头也太少了。这样吧，现在正赶收麦子，你看，天阴成这样，如果下了雨，那些熟透的麦子会被淋烂的。你就再拿两个窝头边吃边走吧，到了地里，正好能吃完，啥都不耽误。等今年的新麦打下来，就给你吃大肉包。"明旺知道大肉包是没影的事，但一时无话可说，只能听他的安排。

干了一上午活儿，明旺又累又饿。午饭还没吃完，王财主又吩咐明旺赶紧走，让他赶着牛车去拉麦子，明旺走到牛棚，一看牛还正在吃草。突然，他想到了治王财主的好主意，于是抓起一大把草，拼命往牛嘴巴里塞。牛嘴被草撑得合不拢，明旺也不管，牵了就走。

王财主从饭堂出来，见他的宝贝牛嘴里塞满了草，生气地说："你是怎么照顾牛的，它还没吃好呢，现在就牵出去，它怎么干活儿？你对我的牛可要好一点。"

明旺也套用吃早饭时王财主说他的句式，说："现在正赶收麦子，天阴成这样，如果下了雨，那些熟透的麦子会被淋烂的。让牛边吃边走吧，到了地里，正好能吃完，啥都不耽误。等今年的新麦打下来，牛或许能吃到大肉包呢。"

王财主知道明旺是因为吃饭的事在说气话，但也无话可说，有气也得憋着。

在打麦场上，王财主监督着明旺，又在算计。他忽然又有了鬼主意，对明旺说："以后吃饭的时候，你就不用来回跑了，一天三顿往家跑，耽误干活儿，你也累得慌，是吧？我辛苦一下，给你送饭。"

明旺知道自己又被算计了，但也没法说什么，只好答应了。但王财主的狡猾他是记住了，想再找机会怼回去。

王财主就开始执行他的"节省大法"了。第二天一大早，他就赶着明旺上工，早饭的时候，明旺在翻地，王财主把饭送来了。明旺一看，饭篮里有五个窝头，半罐清汤寡水的粥。平时吃饭，王财主最多让明旺吃三个窝头，这回却拿了这么多，有点出乎明旺的意料。他干活儿干累了，便一口气吃了三个窝头，喝了两碗粥。财主在旁边一眼不眨地看着，一看只剩下两个窝头，粥也所剩无几了，就说："你再吃一个吧，这样两顿一起吃，我省下送午饭的时间，你也省下吃午饭的时间，咱们就能早点翻完地了。"

明旺明白了，王财主这是让他两顿吃四个窝头，比平时每顿还少了一个。于是他拿起窝头，又吃了一个，等吃完了，他又伸手拿了篮中最后一个，说："就剩最后一个了，我想把它也吃了，这样晚饭的时间也省了，你就不用来送了，我也不用费时间吃了。"

这话王财主很爱听，他喜出望外地说："你说得对，你能这样想，真是太好啦。"

明旺狼吞虎咽，把窝头吃光，把粥喝光，拍了拍肚子，吃饱喝足了。王财主收拾起饭篮，吩咐明旺赶快干活儿，谁知他从地上站起来，不是去继续翻地，而是从地上捡起锄头，扛在肩上

就走。

王财主纳闷了，问他："你往哪儿走？活儿还没干完呢。"

明旺看都没看他一眼，边走边回答："我回家呀！"

王财主斥道："太阳才一竿子高呢，你为什么回家？"

明旺回道："我晚饭都吃完了，怎么太阳才一竿子高呢？我可不管，晚饭后就得回家。"

王财主这才反应过来，他只好答应中午和晚上还来送饭，让明旺赶紧回来干活儿。

中午，王财主如约送来了午饭。这天，天气又闷又热，明旺吃过午饭，想按老家规矩到田边的树荫下小憩一会儿再干活儿。

谁知，王财主瞪着眼睛对他说："还想中午睡觉？不行，你老家的规矩不灵，我们这儿不兴这个，你不能休息，要接着干活儿。"

明旺没办法，只得起身去干活儿。正在这时，从南边飞来一只乌鸦，它大声叫着，落到地边的树上。见此情景，明旺灵机一动，弯腰捡起一块土坷垃，向乌鸦掷去。乌鸦又扇起翅膀，向北边的山头飞去。明旺见状，撒腿便追过去。还没等王财主反应过来，他已经跑出老远了。他追着乌鸦，跑啊，跑啊，跑到了山脚下，找了一处凉快地方，呼呼大睡。

王财主在地里左等右等怎么都等不来明旺，就生气地回家了，打算等他回来好好惩治一番。

再说明旺，他一直睡到太阳落山才回家，活儿也没干完，财主很生气，朝他发火："好小子，你大白天不干活儿，去追那乌鸦，耽误了地里的活计，得扣你工钱！"

明旺也不着急，平静地回答："财主，那只乌鸦不是平常的乌鸦。"

王财主纳闷了，问道："乌鸦还有平常不平常的？"

明旺说："当然了，这只乌鸦是我们河南的。"

财主丈二和尚摸不着头脑，问："你怎么知道那只乌鸦是你们河南的？难道你们河南的乌鸦身上还刻着记号？或者你能懂它的叫声？"

明旺回答他："都不是，因为我们河南的乌鸦是黑色的。"

王财主好像抓住了明旺莫大的把柄，讽刺道："就因为这？你真是只没见过世面的井底之蛙。我告诉你，不管河南还是河北，天下乌鸦都一般黑！"

明旺忙反问道："说得好，既然天下的乌鸦都一般黑，那天下的太阳不都一样晒人吗？所以，我们河南有的规矩，在河北怎么就不顶用了？"

王财主听了，再也说不出话来。后来，这件事被王财主家的帮工传了出去，于是，"天下乌鸦一般黑"这句话便流传开来。

知恩图报的鸡

很多家长都教育孩子：要做个善良的人，要知恩图报；对别人好，其实就是对自己好。

的确如此。很多小事都验证了这样的道理。

从前，有个很文弱的书生，他去看望他的朋友。当他正打算返回时，突然天降大雨。朋友一家便挽留书生住下来，等天晴了再走。书生一看，既然“天留人也留”，那就恭敬不如从命吧，于是便答应了。

朋友家并不富裕，但待人接物非常讲究，晚饭前吩咐妻子去杀鸡。书生一不想让朋友破费，二也见不得杀生，说什么也不让杀，说自己平时也不爱吃肉。在书生的制止下，朋友便放过了那只鸡。

朋友家没有客房，晚上准备睡觉时，朋友就在舂米房里为他拾掇了个地铺。舂米房很狭小，舂米的石杵就悬在地铺上方。天晚了，书生与朋友互道晚安，就躺到了地铺上。他躺好后，抬头一看，石杵就在他的头上。他虽然有点害怕，但觉得将就一夜，应该没问题。

半夜，书生睡得迷迷糊糊的，感觉脸上一阵生疼，睁开眼一看，原来是一只鸡在啄他。他定睛一看，正是白天那只他没让杀的鸡。书生又困又疼，但也不能跟一只鸡计较什么，所以转了个身想继续睡。可是，那只鸡不依不饶，又跳到地铺另一侧，继续啄他的脸。书生烦了，起身摸起鞋子就扔到鸡身上，鸡跑了出去。他掩好柴门，继续躺下睡觉。

刚睡下不久，那只鸡又来了，还打起鸣来。书生睡意全无，一边起身穿衣，一边抄起扫帚赶鸡。他心想："我救了你一命，你居然连觉都不让我好好睡。"

就在他起身离开地铺的刹那，地铺上方那悬着的石杵突然啪的一声砸了下来，恰好落在他的枕头上。书生这才明白，原来那只鸡正是过来报恩的，救了他一命，书生很感动。

第二天雨过天晴，书生向朋友要了这只鸡，抱着它开开心心地踏上了返程的路。

石狮惩贪

从前，有一对兄弟，一个叫吴里，一个叫吴远。

这哥儿俩的性格很不一样，哥哥吴里生性自私，爱财如命，不讲礼貌，还好吃懒做；弟弟吴远呢，则忠厚老实，为人大方。哥儿俩一起过日子时，哥哥就经常欺负弟弟，重活儿脏活儿都让弟弟干。后来，哥哥结婚了，娶的媳妇更加小气。这两口子一合计，就和弟弟分了家，弟弟只分到一把锄头，被哥嫂撵出了家门。

天气正冷，伤心的吴远没有责怪哥哥嫂嫂，而是拿着自己分到的锄头离开了小镇，打算去别的地方谋生。他走啊，走啊，不知走了多远，直到累得迈不动腿了，天也快黑了。

吴远想找个地方过夜。这时候，他发现前面有一座庙。

他紧走几步，发现庙门口有一座

石狮子，看起来活灵活现，神采飞扬。可等他走进去一看，发现庙里面很破，一进门就是密密麻麻的蜘蛛网，神像上落了厚厚的灰，还东倒西歪的，显然是年久失修了。

虽然如此，但这房子还能遮挡风雨，吴远决定在这里住下来。他把蛛网打扫干净，把神像擦得锃亮，就把这破庙当了家。

他给附近的人家帮工，赚点吃的喝的用的，还攒了些粮食。遇到家贫而缺少劳动力的人家，他还经常义务帮助人家干活儿。后来，他在破庙附近开了一块荒地，用带来的锄头松土、除草，种了点谷物，日子倒也过得去，苦闷的是没有朋友。慢慢地，吴远就把庙前的石狮子当成了自己的朋友，累了，就靠在石狮子身上休息；困了，就靠在石狮子身上打盹儿；想家了，就和石狮子诉说一下思念之情；烦恼了，就和石狮子倾诉一下。石狮子仿佛能听懂他的话似的。

很快夏天就到了。有一天，天气又闷又热，吴远顶着骄阳把地里活儿干完，满头大汗地回来，靠在石狮子身上，发了几句牢骚："我真羡慕你呀，你看你，每天这么静静地立在这里，无忧无虑的；再看看我，天天面朝黄土背朝天，要想有好收成，还得看老天爷的脸色。哎，我这辈子什么时候能有安稳日子呀？"

他话音刚落，就感觉石狮子动了起来，不仅身子动，嘴巴也在动呢。石狮子说："吴远，你就放宽心等着吧，你的好日子马上就来了。"

吴远吓了一跳，急忙起身，等他确认是石狮子在说话后，赶紧问道："石狮子，你竟然会说话？还知道我的名字？你太厉害了。”

石狮子高兴地摇了摇尾巴，说：“哈哈哈，更厉害的还在后面呢。这段时间以来，我看你勤勤恳恳，还经常帮贫困的人干活儿，知道你是一个好人。来，你伸出手，伸到我肚子里摸摸，看看能摸到什么。”

石狮子说完，就张大了嘴巴，拿前爪往里指了指。

吴远疑惑不解地伸出手，伸到石狮子的肚子里，果然摸到一块硬硬的东西。

吴远拿出来，定睛一看，原来是一块银子。吴远忙向石狮子道谢：“太谢谢你了，我要用它买点好种子，等春天种上；还要给你买条系在脖子上的红绸带，让你像后山那座庙的石狮子一样威风。还有，山下的刘奶奶病了，没钱买药，我能用这钱给她买药吗？”

石狮子一听，笑容可掬地说：“这钱是你的了，你愿意怎么花就怎么花；但是，我什么都不要，不要给我买任何东西。”又说，“你再把手伸进去，看看里面还有什么。”

吴远又把手伸进去，又在里面摸到一块硬硬的东西，拿出来一看，原来是一块金子。石狮子说：“这些都是给你的，里面还有，你继续拿吧。”

吴远赶忙道谢：“石狮子，谢谢你，这些已经够我用的了，我已经非常满足了。”

石狮子笑着说：“你这人真好，一点都不贪婪，你也别买种子种地了，可以拿着这些钱回家做点买卖，一定会有好日子过的。”

吴远再三谢过石狮子，拿着金子和银子，给刘奶奶买了药送到她家，跟她告辞后，回到家乡，做起了生意。

哥哥吴里见弟弟回来了，还做起了生意，很羡慕，就上门来打听他是怎么发财的。老实的弟弟就把来龙去脉告诉了他。哥哥听后，起了贪心，他向弟弟问出了那座庙的地址，回家拿着个大袋子，又抄起根大棒，跑去找石狮子要钱了。

很快，他就找到了那座庙，找到了石狮子。一见面他就大喊大叫：“石狮子，你快快张开口，我是吴远的哥哥，我也是个好人，你给了他钱，也得给我钱，我是他哥哥呀！”

但是，事与愿违，任凭他怎么呼喊，石狮子岿然不动。他气极了，抡起棒子就朝石狮子打去。石狮子被打疼了，哎哟一声张开了嘴。

吴里高兴极了，把手伸到石狮子嘴里，摸到一块硬硬的东西。他拿出来一看，是一块银子，急忙扔进手中的口袋里。等他再次伸手时，狮子又闭上了嘴巴。

吴里又抡起棒子，边打边说：“我知道你肚子里还有金银财宝，赶快再张开口。”石狮子无奈，只好又张开口。吴里伸手进去，又摸到一块硬硬的东西。他怕石狮子等他拿出手又会闭口不开，于是他用另一只手把袋子套在狮子嘴巴上，两只手都放进狮子的嘴，轮流摸着。他拿走一块金子，石狮子肚子里就又出来一块，只见他把源源不断的金子哗哗地往袋子里装，很快就把袋子装满了。石狮子嘴巴酸痛，就催促吴里：“快点，快点，还不够吗？”

吴里说："不行，不行，我还得多拿点，你不许闭嘴，要不然我还打你。"袋子里装满了，他又把金子、银子往脱下的衣服里塞，很快衣服里也装满了。

石狮子说："你掏的太多了，已经够用了。"

吴里的还是不肯停下来，越拿越多。他欣喜若狂地喊道："我要拿够三辈子用的！"

石狮子的嘴巴实在受不了了，一时失控闭上了，狮子那坚硬的牙齿紧紧咬在吴里两只胳膊上。吴里哎呀一声，痛得叫了起来。

他两只胳膊都在石狮子嘴里，使不上劲儿，便想用脚踢石狮子。但任凭他怎么踢腾，只能踢到狮子下面的底座。无奈，他只好央求石狮子张开口，放他回家。

一切都没用了。很快，天上乌云密布，不一会儿就下起了暴雨。吴里掏出来的所有的金银，被雨水一淋，全都化为乌有。

吴里傻眼了，不仅没搞到钱，胳膊还抽不出来了，他开始号啕大哭。然而嗓子哭哑了，眼泪也流干了，石狮子纹丝不动，他的胳膊还是拔不出来，这么偏僻的地方，又逢下雨天，也没人来救他，又累又饿又疼的吴里，最终昏了过去。

两天过去了，吴里的妻子才辗转找到这里，看到丈夫吊在石狮子身上，吓坏了，赶忙叫醒他，给他喂水喂饭。吴里苏醒后，妻子问起缘由，吴里说了自己经历的事儿，然后气愤地说，石狮子是个坏家伙，只有狠狠地揍它，它才能听话并乖乖吐钱。妻子闻听此事，像只母老虎一样拿起石块往石狮子身上砸去，可奇怪的是，石狮没有任何反应，倒是吴里疼得大喊大叫。媳妇赶紧住手，骂了起来："这可怎么办呢？是那个吴远想害你吧？肯定是他与石狮子串通好的！我们回去饶不了他！"

她这一骂，石狮子的牙齿咬得更紧了。吴里嗷嗷喊起来，妻子才住了口。

两人无可奈何。吴里叹道："谁能料想会有这种事情发生呢，你快回去吧，明天再给我带些吃的来！"

就这样，吴里的妻子只好每天跑到山里来给丈夫送饭，什么活儿都没时间干了。

三个月后的一天，吴里的妻子又上山了，她只带来一个小包袱，里面只有一个窝头。吴里暴跳如雷，对妻子发火："你这个臭婆娘，怎么只给我送这点饭呢！根本不够我塞牙缝儿的。"

妻子忍不住委屈地大哭起来，说："你不在家，没人干活儿，我们家只有这点口粮了！我都饿了好几天了。"

吴里听了，有些难过，让妻子把窝头分了，一人一半吃了。

到了第二天，妻子拿了肉和菜过来，吴里说："你昨天骗我的吧，怎么又有好吃的了？"

妻子说："咱们都错怪吴远了。昨天我从山上回去，遇到了吴远。我没敢告诉他你的事，只说最近家里拮据，回去后，他就差人送了一些吃的过来，还让我去他的店里帮忙。以前，咱们对他不好，让他受委屈了，以后我一定好好对他，帮他把生意做好。"

吴里听了，感觉对不起妻子，更对不起吴远，就难过地说：

“哎！都怪我太贪心了，为了贪家产，赶走了弟弟；现在又太贪心，害得你跟着受苦，而弟弟还不计前嫌，我太惭愧了……”

他边吃边流泪，边和妻子唠叨吴远的好。

突然，石狮子哈哈大笑起来，吴里夫妻俩慌作一团。吴里下意识地想去拉妻子，没想到自己的手臂竟然可以从石狮子的口中取出来了。

夫妻俩抱在一起，石狮子语重心长地教育他们：“我听了你们的对话，看了你们的表现，知道你们悔悟了，我也很欣慰。希望你们以后不要这么贪心了，踏踏实实地过日子，比什么都好。”

吴里夫妇羞愧地低下了头，说：“谢谢您！是您让我们认识到自己的错误，以后我们一定好好过日子，洗心革面，重新做人。”说完，两人搀扶着下山去了。

在以后的日子里，吴里夫妻果然变了，他们让弟弟搬回家，哥哥经常去帮弟弟干活儿，嫂子则照顾着生活起居，成了和睦的一家。

老鼠嫁女儿

从前，在某大户人家定居着一对老鼠夫妇，它们只有一个宝贝女儿，叫小米。小米小时候干瘦干瘦的，不好看，大了却女大十八变，成了十里八乡的美女。加上它乖巧伶俐，孝顺父母，老鼠夫妇年过半百了，也没舍得把姑娘嫁出去。现在闺女一天天长大了，它们也一天天变老了，必须要为姑娘物色个好人家了。

很多老鼠来说媒，想让自己家的鼠儿子娶小米，可小米总不答应。老鼠夫妇为了尊重孩子的意见，便问女儿理想的丈夫是什么样的，小米羞涩地说：

“我想嫁给世界上最强大的人。”

世界上最强大的人是谁呢？老鼠夫妇想了许久，才得出结论：那就是太阳咯。因为太阳能照亮大地，能滋养万物，世界上就数它最强大了。再说了，能当太阳的岳父岳母，老鼠夫妇也很有面子。

于是鼠妈妈就托人传信给太阳，问太阳喜不喜欢小米。太阳听后，也托人传话说：“请您转告鼠妈妈，我很喜欢它的女儿，承蒙不弃，但我并不是世界上最强大的！”

鼠妈妈又托人问太阳谁比它更强大，太阳回答说：“云最强大，它能遮挡住我。”

鼠妈妈就托人去云那里提亲，可云回答说：“我也不是世界上最强大的，风最强大了，一刮风，我就得撤退。”

鼠妈妈找到风，说它们想把小米嫁给风，风却摇着头说：“我也不是最强大的，墙壁比我强大，你看我再怎么吹，都吹不透它。”

鼠妈妈一听，这话很在理，于是问墙壁愿不愿娶小米。

墙壁刚想回答，忽然“哎呀”叫了一声。鼠妈妈低头一看，原来是一位鼠青年正在挖墙脚。这下鼠妈妈明白了，原来墙壁也不是最强大的，这位鼠青年才最强大。

最后，小米心甘情愿地嫁给了鼠青年。

仙鹤报恩

从前，一对贫穷的夫妻住在一座大山深处，他们年纪大了，没有子女，每日只能靠老大爷到山里砍柴、卖柴火为生。

有一年冬天，天寒地冻，雪大路滑，本来不宜出门的，可是老两口家里实在揭不开锅了，所以老大爷还是决定上山砍柴，换钱买米。他砍了整整一天，也才砍了一捆柴，趁天还未完全黑，赶紧去集市上卖。

老大爷年事已高，他肩上背着柴，走得很慢。也正因为走得慢，才能发现路边的雪地里躺着一只白色的仙鹤。仙鹤受伤了，它的脚被猎人下的套子套住了，渗出很多血，外伤加冻伤，好像难以存活，危在旦夕。

救命要紧！老大爷急忙扔下柴，给仙鹤解开套子，给它包扎好伤口，把仙鹤抱在怀里，用胸口的温度温暖它，用手轻轻抚摸它的羽毛。老大爷因为长年生活在山上，经常与动物打交道，所以知道怎么救治动物。他一边轻声安慰仙鹤，一边替仙鹤揉捏冻僵的脚。捏着捏着，仙鹤在他怀里闭上眼睛，昏睡过去。

尽管老大爷着急去集市上卖柴火，但看着可爱又可怜的仙鹤的样子，他不忍放下它离去。

过了好一会儿，仙鹤才渐渐醒过来，它好像恢复了很多，用嘴捋捋羽毛，拍了拍翅膀，对老大爷轻柔地“嘎嘎嘎”叫了几声。

仙鹤身体好转，老大爷非常高兴，他又想起等米下锅的妻子，于是把仙鹤高高托起，看它能不能起飞，仙鹤果然好了，它张开双翅，在老人头顶盘旋三圈，然后昂起头向高空飞去，越飞越远了。

老大爷放下心来，可再看看太阳，早已落到天边，天色已晚，集市肯定早散了，他只好挑起柴火，向家里走去。

劳累了一天，也没能卖掉柴火买上米，到了晚上，山上刮起风来，老两口又饿又冷。但老大爷还是非常高兴地把白天救仙鹤的事告诉给老大娘。老大娘也没抱怨他，也跟着高兴，还说：“没关系，好人会有好报的。”

老两口说着说着，好像忘了饥饿。突然，外面传来一阵敲门声。老大娘以为谁来投宿呢，赶紧起身去开门。只见门口站着一个十七八岁的漂亮姑娘，头上身上落了厚厚的一层雪，一看就在雪地里走了很久。善良的老大娘把姑娘拉进门，生起火炉，让她到炉边烤烤火，还关切地问：“孩子，你怎么了？是迷路了吗？”

姑娘点点头说：“是的，大娘，我迷路了，我能在这里住一晚吗？”

老大娘很喜欢孩子，答应说：“行，外面太冷了，你就住我

家吧。”

老大娘很想给姑娘做顿像样的饭，但家里实在没有吃的了，只好给姑娘熬了一碗姜茶。

姑娘谢过老人，喝完姜茶后，非常有礼貌地说：“大爷，大娘，这么晚来投宿，实在打搅你们了。我带了点干粮，我想给你们做顿晚餐，表达一下我的谢意。”

姑娘站起身，不由分说就来到厨房。老大爷老大娘见拗不过她，只好答应了。过了一会儿，饭菜就做好了，说来也奇怪，没见姑娘怎么忙活，但转眼间她就端上几盘色香味俱全的菜肴，老两口好久没吃过这么好吃的饭菜了，边吃边感谢姑娘，还对她做饭的手艺赞不绝口。

吃过饭，姑娘又给两位老人沏上茶，让他们喝了暖暖身子。老两口感动极了，他们一直没孩子，非常喜欢这个勤劳善良的姑娘，于是便异口同声地问道：“我们家没儿没女，我们能认你当女儿吗？不知姑娘会不会嫌弃我家太穷？”

没想到，姑娘立马答应了，说自己是孤儿，本来就没亲没故，这下认了爹娘，就可以陪伴着他们，在这里生活下去了。

第二天一早，老大爷照例出去砍柴，在他出门前，姑娘委托他办一件事：“爹，您今天去卖柴回来的时候，可以帮我买架织机和一些线回来吗？我会织布，以后您可以把织好的布拿到集市上去卖。”

老大爷一口答应了。

晚上，大爷从集市上回来，真的买了一架旧织机和一些线。

她接过来，交代老人说："爹，娘，我明天开始织布了。我已经收拾好了柴房，我要在那里面织布。爹，从明天起，您就不用去山上砍柴了，您年纪大了，不适合干这种体力活儿了。"

老大爷一听，非常激动："孩子，我俩以前以为这辈子就这样了，没想到晚年会有你这么个好女儿。哎，这真是做梦都想不到的。"

老大娘说："孩子，我长这么大年纪了，也没学过织布，我也去跟你学学，学会了给你帮忙，不能我们俩都闲着让你一个人受累。"

姑娘连忙说："娘，不用，我自己一个人就行。屋子小，站不开两个人；再说，织布的时候如果旁边有人，我会分心的，反而织不好了。"

姑娘又继续说："我织布的时候，不能见光，所以我把柴房的窗户挡上了，请你们千万不要往里看，也不要让任何人看。也不用管我吃饭。"

老两口得了这个干女儿，心里高兴着呢，所以姑娘说什么都点头。

第二天，姑娘早早起床，先洗菜做饭，将早饭做好给爹娘把饭端到床头，收拾干净厨房。然后进到小屋里，闭门织布。

这么多年来，老大爷终于可以不用上山砍柴了。老两口在外面听见了织机忙碌的声音，但他们忍住好奇，只喜滋滋地为姑娘准备晚饭，为姑娘浆洗衣服。到了晚上，姑娘手里捧着一块特别好看的华丽布料从柴房里走了出来。

大爷大娘惊喜万分，有生以来，他们从未见过这么漂亮的布料：“这是什么好料子呢？我们都不认识。”

忙了一天，姑娘竟毫无倦意，她微笑着说：“爹，娘，这是织锦。爹，您明天拿到集镇上去，一定会卖个好价钱。明天，您再帮我买一些线回来。”

第二天，老大爷到了集市，刚拿出这块织锦，就被有钱人疯抢了，卖的钱比他卖一个月的柴火挣的钱都多。老大爷又惊又喜，给姑娘买了好吃的好喝的，又买了比昨天更好更多的线。

老大娘见了，责怪老头不该买这么多线回来，怕把姑娘累坏了。姑娘一听，笑了，她对老大娘说：“娘，您放心好了，我从小就学会了织布，对我来说，织出更多各种花样的布，不但不会累到自己的，还会让我很高兴的。”

老两口心里像喝了蜜一样甜，又把闺女夸了一遍，就歇息去了。

第二天一早，姑娘照常做好早饭，陪爹娘吃完后，把自己关在柴房里织起布来。

就这样，一天天过去了，老大爷每天卖的钱越来越多，他们家的生活越来越好。

神奇的是，她织出的布，不仅密实、柔软，还有一种天然的光泽，又耐穿又华丽。当地最好的织工用同样的线，却怎么也织不出来。他们听说姑娘织布不让人看，就觉得肯定有秘不示人的不得了的织布技巧，于是就有人想偷学。有好几个人悄悄来到他们的院子周围，都被老大娘和老大爷赶走了。

因为每天都从早织到晚，姑娘变瘦了，脸上也苍白了些，大娘非常心疼女儿。她抚摸着姑娘黑黑的头发，劝道："孩子，咱家有钱了，你爹已经攒了不少了，足够我们养老，也足够给你买嫁妆了。你就不要这么拼命地织了，休息几天也好。"姑娘说："娘，我明天再织一天就休息。"老大娘同意了。

第二天，姑娘做完饭后，没吃早饭就匆匆进了柴房，老大娘心想："孩子这段时间太辛苦了，我得给她送点东西吃。"老大娘把饭菜放到碗里，来到了柴房门口。因为之前姑娘叮嘱过，她没开门，只是把碗放在了窗台上。本想放下就走的，可她又想："别人都说女儿织的布和别人不一样，织机一样，线也一样，织出的布却不一样，到底是怎么不一样的呢？反正是我自己的女儿，我就看看吧。"她没忍住好奇，趴在门缝上往里看了一眼。

可是，柴房里没有姑娘，只有一只美丽的仙鹤。

只见仙鹤站在织机旁，张开大大的翅膀，用嘴拔掉身上的羽绒，夹到线里，正拼命地织呢。它身上的羽毛只剩下一点了，被拔光的部分有血渗了出来。老大娘大吃一惊，赶紧跑回去把她看到的情形告诉了老伴。

大爷陷入沉思，他吧嗒吧嗒地抽着旱烟，一言不发。到了晚上，姑娘捧着织好的布出来了，大爷心疼地对她说："孩子，你为我们辛苦了。"

姑娘有点疲倦地说："对不起，让二老受惊了。现在，我来告诉你们我的身份：我就是爹那天救起的那只仙鹤。为了报答您的救命之恩，族长特批我化为人形，再过几天，我就要回去了。因为总有一些人想知道我是怎么织布的，我的身份早晚会被识破。而如果身份被识破，我就无法继续待在这里了。娘，即使您今天没看到我织布的情形，我也待不了几天了，所以，也请您不要自责。我会永远想你们的。”

姑娘说完，起身就要走，两位老人极力挽留。

可无论大爷大妈如何挽留，姑娘都必须要走，她悲切地说：“我也很舍不得离开你们，但我不得不回去。只望二老日后多加珍重，我在另一个世界为你们祈福。”

姑娘一步跨出大门，变身为一只仙鹤。它扇动翅膀，绕着老人的屋檐盘旋几圈，然后又对着二老点了三下头，消失在高空。

老两口流着泪，依依不舍地和仙鹤告别。尽管姑娘走了，但老两口还是靠卖织锦积攒下的钱，度过了幸福的晚年。

小羊以跪感恩

从前，有一只母羊生了一只小羊羔。羊妈妈非常疼爱自己的孩子，每天都守护在小羊身边，给它吃足够的奶水，为它唱歌。哪怕是在小羊睡着时，羊妈妈也不离开，给小羊驱赶蚊虫。

羊妈妈有个邻居，是一只母鸡，刚好母鸡也生产了，有了自己的孩子——一只毛茸茸的小鸡。小鸡很可爱，鸡妈妈当然也爱它。但鸡妈妈不如羊妈妈温柔，它更爱自己，经常玩起来就把孩子扔在一旁。

慢慢地，羊妈妈和鸡妈妈互相看不惯，羊妈妈认为鸡妈妈太不负责，对孩子太不上心了；而鸡妈妈觉得羊妈妈太溺爱孩子了，这样会把孩子惯坏的。

有一次，羊妈妈与鸡妈妈又在一起聊天，小羊就在旁边玩耍。忽然羊妈妈担心小羊肚子饿了，要给小羊喂奶。鸡妈妈对羊妈妈说风凉话："你看你，不是我说你，你的营养都被孩子吃去了，瞧你瘦的，真难看。咱们同样都是孩子母亲，你看我，多省心。我的孩子也一样长呀，看我还是这么丰满。"羊妈妈一听，非常生气地说：“你不是个合格的妈妈，我才不做你这样的妈妈呢！”

小羊听了鸡妈妈和妈妈的对话，觉得自己的妈妈真是太伟大了，便对妈妈说：“妈妈，你这样疼爱我，我不知道怎样报答你的养育之恩。”羊妈妈和蔼地说：“孩子，你这份感恩的心就是对妈妈最好的孝顺。”小羊听后更感动了，它扑通一声跪在地上，发自内心地表达对母亲的尊敬。

从那以后，羊在吃奶时都要以跪感恩，和反哺的乌鸦一样孝顺。

八仙斗龙

提起“八仙”，大家都不陌生，他们是吕洞宾、汉钟离、曹国舅、张果老、蓝采和、韩湘子、铁拐李和何仙姑，他们八个身世曲折离奇，得道成仙后法力高强。

一天，天气晴朗，阳光普照，八仙兴致勃勃，商定到东海去游蓬莱岛。

本来，凭借他们的法术，腾云驾雾一眨眼就能到。可是吕洞宾那天突发奇想，想在海上漂一漂，于是提议乘船过海。其他七位神仙也同意。于是吕洞宾拿来铁拐李的拐杖，往海里一抛，大喊一声“变！”海面上顿时出现了一艘大船。大家欢呼着上了船。

海上波平如镜，八仙坐在船上，一边喝酒一边欣赏海景，时不时还高歌一曲，热闹极了。可就在这时，竟然因为这歌声惹来一场风波。

原来，是何仙姑的歌声引起了花龙太子的注意。花龙太子何许人也？他是龙王的第七个儿子，是个不务正业、无恶不作的家伙。这天，他刚好闲得没事，就四处招摇，无聊至极，忽然听到海面上有女子的歌声，便想出去挑衅一番。花龙太子从海里探出脑袋一看，看到一条漂亮的大船，船内坐着七位长相奇特的大仙，还有一位漂亮的女子，他猜，那一定是传说中的何仙姑。真没想到，何仙姑不仅模样动人，歌声也那么美妙。花龙太子开始想入非非，想把她抢走。为了达到这个目的，他开始兴风作浪。

他先是在海面掀起一个巨浪，企图将大船打翻后趁乱抢人。

没想到，八仙毕竟是八仙，功力非凡。张果老反应最快，他一看船翻了，立马翻身爬上毛驴背；曹国舅心细，脚踏舢板在浪里漂起来；韩湘子慌乱之中只得将手中的法器当坐骑；汉钟离打开蒲扇垫在脚底，虽然湿了裤脚但也无妨；蓝采和人小只得攀住了花篮边；铁拐李失去了拐杖，但他还有个宝葫芦呀；吕洞宾稍微狼狈一些，整个儿掉进了海里，弄了个浑身湿透，但很快就浮上来了。

他们从来没遇到过这种麻烦，都抱怨吕洞宾出了这个馊主意，而吕洞宾辩解说自己是为了大家玩得更好。这时候汉钟离突然大喊："哎呀，别吵了，何仙姑不见了！"

大家安静下来，面面相觑，谁都不知道何仙姑去哪里了。

汉钟离掐指一算，大吃一惊，告诉大家，原来是花龙太子拦路抢亲，把何仙姑抢到龙宫里去了。

一听何仙姑被花龙太子抢去了，七仙很是恼火，杀气腾腾地直奔龙宫，要找龙王讨个公道。

刚走了没多远，就遇到海潮滚滚，差点把他们淹没。汉钟离掐指一算，这又是花龙太子搞的鬼，他早知道七仙不会善罢甘休，早就在这里等着了。

但在汉钟离的法力面前，他这不过是小把戏。只见汉钟离挺着大肚子，跳到潮头，手执蒲扇，轻轻一扇，一阵狂风刮来，就把万丈高的海潮都扇到九霄云外去了。

因为过于生气，汉钟离使劲使大了，扇子呼呼的风声震天响，惊动了四大天王，他们连忙关了南天门。

花龙太子见汉钟离破了他的阵势，又使出第二条对策。他大喊一声，又从海里变出一条巨鲸来，张开大口向汉钟离扑过来。

汉钟离还是扇动蒲扇，想把鲸鱼扇走，却低估了鲸鱼的力量，根本影响不了鲸鱼进攻的速度，眼看张着大嘴的巨鲸就要把汉钟离吃掉了。

吕洞宾想把这鲸鱼消灭掉，瞄准鲸鱼的肚子，挥剑就刺。花龙太子也不是等闲之辈，就在吕洞宾挥剑的同时，他变成了一块奇大无比的礁石。吕洞宾一剑下去，火星四溅，把宝剑折断了。

这时候，铁拐李出场了，只见铁拐李向海中一招手，它那根拐杖唰的一声窜出海面。铁拐李将它拿在手中，一杖打下去，不料又打在一堆软肉里。原来海礁又变成一只大章鱼，拐杖被章鱼缠住了。

这时候，蓝采和的花篮罩了下来，把大章鱼罩住了。花龙太子又慌忙化作一条海蛇，逃之夭夭。铁拐李获救了。

张果老不想放过花龙太子，便唤来他的驴，朝着蛇逃离的方向穷追不舍。眼看就要追上，不料毛驴被花龙太子变的蟹精咬住

了脚，嘶叫一声，张果老被抛下驴背。幸亏曹国舅眼明手快，救起张果老，向蟹精拍去。

花龙太子一直处在弱势，这下急红了眼，只得垂死挣扎。他把每一片龙鳞都立起来，把每一支龙角都摆动起来，挥舞着尖利的龙爪，张开大嘴向七仙猛扑过来。七位大仙各显神通，一起围攻花龙太子，把他打得落荒而逃。

花龙太子逃回龙宫，只得向龙王求救。

龙王听罢，惊出一身冷汗，知道这个不争气的儿子惹了大祸，这八仙可不是好惹的。于是老龙王让他把何仙姑带过来，当着何仙姑的面把花龙太子痛骂了一顿，让他给何仙姑道歉，然后用最高礼遇送何仙姑出龙宫。其余七仙正在门外候着呢，见到龙王后，无论龙王怎么道歉都不接受，非要上告玉皇大帝。

龙王急了，怕玉皇大帝怪罪下来，只好请来南海观音，让观音帮自己求情。大家商量来商量去，龙王决定将花龙太子绑在海底三百年以示惩戒，七仙们才答应下来。他们带走何仙姑，继续乘船快乐地来到蓬莱。

这件事传扬开来，为了保平安，在以后的日子里，人们乘船下海时，为了避免海中怪物的骚扰，都会在船身刻上八仙的图案，以求航海一帆风顺。

韩湘子与七公主

八仙中，就数韩湘子最为潇洒。

他手中的神器是一支用南海紫竹林里的一株神竹做的紫金箫。而这神竹，是东海龙王的七公主送他的。

有一年，韩湘子漫游名山大川，来到东海之滨，当地人都在盛传海里有个小龙女，能歌善舞，善于音律，渔民们经常在夜里听到她歌唱，声音如天籁。

龙女的故事激起了韩湘子的好奇，如此有才情的奇女子，他真的很想结交一下。为此，他每到夜晚都去海边吹箫。韩湘子的箫声很神奇，音调欢快时，海潮会上涨，音调忧郁时，海潮会下落。

三月初三的那天晚上，春风荡漾，东海小龙女出海春游刚刚回到龙宫，正在揽镜整理头发，忽然听见海边传来一阵悠扬悦耳的箫声。箫声美妙至极，她来不及绾好发髻，不由自主地走出龙宫。她心想：是什么样的人能吹出如此动听的乐声呢？于是便循声来到海边，化作一条银鳗来看看那吹箫人。

韩湘子一曲吹罢，大潮已退，他眼前出现一大片湿漉漉的海滩。这时，他发现海滩上有一条搁浅的银鳗，正眼含热泪，抬头望着他。韩湘子很愧疚，一定是刚才自己吹箫太悲伤了，潮水退得太快了，银鳗没有跟上水的速度。

可那银鳗一点都不着急，仿佛还沉醉在刚才的箫声中，韩湘子看着它可爱的样子，温柔地对它说：

“银鳗呀银鳗，难道你听得懂我的箫声，知我心意吗？如果是这样的话，那请你把我的情意传给龙女吧，我很爱慕她。”

银鳗听了，连连点头。

韩湘子又吹起了玉屏箫，这条银鳗居然在明媚的月光下，随着乐声翩翩起舞，舞姿优美曼妙。

就在韩湘子疑惑时，那银鳗突然银光一闪，化身为一个天仙般的女子，韩湘子惊得倒退了几步。

女子又跳起舞来，边舞边唱：

箫声悠扬，闻之不忘，
凤飞翱翔，四海求凰。
无奈佳人，宫内深藏，
愿言配德，携手相将。

女子轻歌曼舞，月儿渐渐西坠，潮水慢慢退回，天快亮了，忽然间，女子又不见了。

第二、三、四天晚上，韩湘子都来到这里，都邂逅了这个美

丽的女子。到第五个夜晚，韩湘子又来到海边吹箫。可是任凭他怎么吹，潮起又潮落，也不见女子来。难道箫声不好听了？韩湘子很失望，气得他狠狠地把玉箫摔在地上，女子还是没有出现。

韩湘子只好沮丧地离开了这里。忽然，他听到背后有人喊他，回头一看，是个陌生的渔家老婆婆。老婆婆把那个女子的身世告诉了他。

原来，前几夜在月下歌舞的女子不是别人，正是东海龙王的七公主。她对韩湘子一见钟情，夜夜出来与他相会。但现在公主偷偷出宫的事被龙王知道了，龙王就把七公主关在深宫里了。七公主担心韩湘子找不到她着急，于是派老婆婆过来送信，并送给他南海普陀神竹一枝，让他制成箫；只要韩湘子用这箫吹出神曲，龙女就能听到。

说完这些，老婆婆把神竹递给韩湘子，然后就消失了。

为了拯救心爱的七公主，韩湘子夜以继日地打磨神竹，制成紫金箫，然后躲进山洞，勤学苦练，终于吹出了神曲。在八仙过海的途中，他就是靠这支箫，降妖除魔，大显神通。可怜的东海龙女，却因为给心上人偷送神竹，触犯天条，被观音罚为侍女。每当韩湘子吹出神曲，七公主便黯然伤神。

据说，东海周边的渔民至今还能在夜晚听到深情的箫声，那正是韩湘子在抒发他的思念之情。

武夷山的由来

武夷山是福建省境内的一座名山，自古素有“丹山碧水”的别称，也是著名的茶山。可是，“武夷”这两个字是怎么得来的呢？

据说，这两个字和武族及夷族两个部落有关。古时候，这两个部落的人都住在武夷山地区。

武族人生活在七曲溪南，即如今的武夷三十六高峰之一的城高岩一带，他们以农耕为生，上山开荒种竹子、种花果蔬菜，要想改善伙食就去河里捞鱼捉虾，过着太平富足的生活。为了免受动物的侵害，他们还在城高岩上筑起了石墙。

夷族人则住在武夷山前的土窑洞内，过着游牧生活。他们猎杀飞禽走兽，以肉食为主。

他们互相并不知道彼此的存在。

忽然有一天，夷族族长带领族人打猎，追赶一只老虎的时候，不知不觉就来到了城高岩附近，他们见这里四面陡峭，前后有溪流，风景不错。再一看周围还有石头围墙，非常好奇，爬到围墙上一看，里面真是别有洞天啊。只见这里鸟语花香，果树成林，硕果累累。他们很羡慕这种悠闲田园的生活，想据为己有。

回去后，夷族便开始为攻打武族人做准备。他们制造了各种尖锐的武器，条件准备成熟后，就在一天夜里发起了攻击。两个部落的人打得难解难分，伤亡都很惨重，尤其是武族，果木被大量破坏。

正当夷族觉得自己胜利在望时，天上忽然闪过一道金光。他们定睛一看，天上来了一位白发老爷爷，他骑着一只长得流光溢彩的大金鸡，降落在城高岩上，并发出严厉的警告声："住手，我乃天上专管这一地界的神仙，你们如此暴殄天物，草菅人命，已违反天条；如果你们再不停止打斗，都会遭受天谴！"

夷族人说："我们也不想打呀，可是我们也想过武族人那样的生活，不用东奔西走，安稳过日子。"

老爷爷道："那你们不该侵略别人的领地！这样做不对！"

夷族族长立马同意收兵。武族族长也示意大家退下。

这时白发老爷爷宣布："从今以后，武族和夷族亲如一家，可以通婚，一起生产耕种，互通有无，好好过日子。你们都同意吗？"

大家都点头，然后两族人都跪地谢恩，发誓永不起战。神仙老爷爷摇一下拂尘，便飞到天边不见了。

从此，武、夷两族人和和睦睦地生活在一起，为了表达诚意，便把两族人共同生活的地方叫作"武夷山"，并一致尊称那位劝和的神仙老爷爷为"武夷老君"。

阿里山的传说

台湾宝岛有许多风景优美的地方，比如日月潭和阿里山。阿里山除了风景优美，还是台湾高山茶的著名产区。可是很少有人知道，在很久以前，阿里山原名叫秃山，那里寸草不生，非常贫瘠。

那它是怎样变成今天这个样子的呢？又为什么改名叫阿里山了呢？

这归功于一个叫阿里的小伙子，他就住在秃山北面的一处盆地里，靠打猎为生。

一天，阿里正在附近打猎，忽然听到有女人的呼救声。他闻声而去，看见两个姑娘正在没命地奔跑着，后面有一只大老虎紧追不舍。姑娘哪里跑得过老虎呀，眼看着就要被老虎追上了，阿里急忙从山坡上跑下来，一个箭步跳到虎背上，与老虎搏斗起来。阿里自幼习武，力大如牛，没几个回合就把老虎打跑了。两个姑娘得救了，来到阿里面前致谢，阿里却腼腆地转身走了。

可是，刚走了没几步，阿里又听到了姑娘的呼救声。

阿里又赶忙回来，见这次欺负姑娘的不是老虎，而是一个手拿龙头拐杖的白胡子老头。

别看老头年龄大，可力气真是不小。他一手拿着拐杖，另一只手拽着两个姑娘的胳膊，把她们往山上拉。任凭姑娘怎么挣扎，都挣脱不了老头的手掌。

阿里见这两个姑娘刚脱离虎口，又被坏老头欺负，心里很恼火，不由分说冲上前，大喝一声："放开她们！"然后一把夺下老头手里的龙头拐杖，狠狠地敲击他的前额。

老头痛得一声惨叫，前额立刻起了个大疙瘩。他放开姑娘，一甩袖子就消失了。原来他是个仙人。

连续经过两次袭击，两个姑娘吓得魂不附体，阿里过来安慰。谁知两个姑娘吓得往后退了好几步。阿里心里很是纳闷："我救了她们两次了，为何这次非但没有谢我，还怕我呢？"

这时候，天色大变，雷声四起，闪电雷鸣。两个姑娘吓得更厉害了，抱在一起哭得伤心极了，说："这可怎么办呢？我们俩闯大祸了！"

阿里觉得蹊跷，就追问道："你们为什么说自己闯大祸了呢？"

两个姑娘面露难色，对看了一眼，相互点了点头，然后对阿里说："我俩本是天上的宫女，却贪恋这里的风景，就偷偷下凡来玩耍。没想到刚落地就遇到了老虎，多谢您救了我们的命。可是，我们私自下凡的事被玉帝知道了，他派南天寿星下来捉拿我俩回天宫治罪，就是你刚才打的那个老人。现在，你把南天寿星打跑了，他一定会向玉帝告状的。现在天雷滚滚，恐怕是玉帝降罪于我们，要连凡间一起惩罚了，这一带的生灵恐怕要跟着我们遭罪了。”

听两位仙女这么一说，阿里也担心了，问：“两位仙女，那现在有什么办法能搭救这一带的生灵？”

两位仙女说：“只有一个办法，就是有人甘愿受死，跑到南面那座秃山顶上，接受天打雷劈。我俩决定去做这件事，所以您快离开，走得越远越好，您的救命之恩我们来世再报。”

阿里执意不走，说：“你们不能去！是我打的老寿星，是我惹的祸。我本想帮你们，结果却害了你们，理应由我去接受天谴。你们快点离开这里！”说完，就拿着那个龙头拐杖，向南边的那座秃山跑去。他在前面跑，两位仙女在后面追。他跑得快，不一会儿就登上山顶。

他站在山顶仰天高呼：“天神！一切祸都是我惹的，请您放过那两位仙女，所有的雷火，让我一人承受吧。请您放过其他生灵！”

雷神正好来到秃山上空，阿里说的话他全听到了，于是他就把所有的雷火都用在阿里身上。雷电交加下，阿里的身体很快烧成一个火球，化为灰烬。因为这是座秃山，火势很快就熄灭了。

雷神完成任务，就飞到天上交差去了。

雷神走后，两位仙女也正好跑到山顶，她们见阿里已成灰烬，觉得非常对不起自己的恩人，伤心极了。她们跪在阿里的骨灰旁，号啕大哭。

随着仙女的眼泪落地，突然间，满山都长满了绿树，开满了鲜花。

望着这漫山遍野的绿，两位仙女都惊呆了，她们简直不敢相信自己的眼睛，一致认定是阿里的化身。于是她们商定："既然阿里的灵魂在这里复活，那我们也变成花草留下来陪伴他吧。"

从那以后，阿里山就由秃山变成了青山、富饶之山。人们为了纪念阿里和两位仙女，就把这座山叫作阿里山。

蛟河的传说

蛟河是吉林省内一个风景优美的地方。这里因一座山、两条河而得名，也因此而闻名。

这座山叫拉法山，当地人称大砬子山。而两条河呢，一条从拉法山南面流过，河水清澈白亮；另一条河从山北面流过，河水浑浊黝黑。这两条河在这里交汇在一起，因此得名交（蛟）河。

关于拉法山和两条河，也有一段传奇。

拉法山自古就有。那时候，山下住着父子俩，父亲七十多岁，常年有病。儿子叫纪晓堂，是个二十多岁的年轻后生。纪晓堂是个孝顺的孩子，一直悉心照料着体弱多病的父亲。

后来，纪晓堂的父亲去世了，纪晓堂非常伤心，安葬了父亲。之后，他在父亲的坟旁盖了一间茅草屋，收拾了点简单的东西，搬了过去，决定为父亲守孝三年。

纪晓堂在这里过着风餐露宿的生活，一晃三年过去了，第三年的清明节，纪晓堂正在为父亲扫墓，忽然来了个和他年龄相仿的小伙子，把他吓了一跳。这荒山野岭的，从来没人来，怎么清明节这天冒出个人来呢？小伙子见纪晓堂很吃惊，就赶紧开口说道："纪贤弟，你已经为父亲守孝三年，已经尽了人子之孝，我看就不用过于悲伤了。你该有自己的生活了。"

纪晓堂看了看这个人，确实不是鬼，是人，而且眉目清秀，相貌堂堂，看着就像忠厚老实之人，于是就不害怕了，询问道："这位大哥，你认识我吗？我不认识你呀。"

小伙子自报家门道："我姓白，就住在山后。你不爱交际，朋友少，不认识我很正常，但我认识你，你在这一带很有名。我一向钦佩你，今天特意过来找你，觉得你可能需要人帮忙搬东西。"

自从父亲死后，纪晓堂就再也无亲无故，孤零零一个人，也觉得挺孤单的，现在，有人要和他交朋友，心里也很高兴，就说："你要不嫌弃我没本事，一穷二白，那咱俩就结拜吧，我以后就叫你大哥。"说完，两个人就义结金兰，成了拜把子兄弟。

结拜以后，白大哥就帮着纪晓堂离开了父亲的坟地，搬回往日的家中。而且，白大哥总是来纪晓堂家帮他干活儿，二人一起吃饭，有时候白大哥也会住在纪晓堂家。但白大哥从来没有提过自己的家事，也从来没邀请过纪晓堂去他家，每次纪晓堂提出来，他就躲躲闪闪的。纪晓堂总觉得有点怪怪的。

有一天，白大哥又来帮纪晓堂干活儿，纪晓堂就按捺不住内心的好奇，问他："白大哥，咱俩交往这么长时间了，我还从来没去过你家呢，这要是万一哪天我有急事找你，可怎么办呀？"

白大哥略一沉吟，说："去我家的那段山路很不好走，我在你家的时间比在我家还多呢，真要是万一你哪天有急事找我，我教给你个方法，你只要拿一块石头，往大青石上连敲三下，连喊三声‘白大哥’，我就会立即出现。”

纪晓堂听得半信半疑，说：“你说的是真的吗？我有点不敢相信呢。”

“能，肯定能，不信你找机会试试。”白大哥肯定地说。

很快冬天来了，一天，纪晓堂到山上去砍柴，回家的时候，天上下起了雪。他挑着柴火，忽然脚下一滑，脚崴了一下，柴火飞出老远，自己重重地摔在山路上。

他试着站起来，但怎么都站不起来。他看了自己的脚踝，已肿得很大。眼看太阳要落山了，天寒地冻的，要是不能回家，在这里冻上一夜，一定会被冻死的。

正当他焦急的时候，突然想起了白大哥交代的话，觉得现在正好是个验证白大哥那番话的机会，于是就从地上找到一块石头，爬到一块大青石旁，用力连敲了三下，又连喊了三声“白大哥”。

神奇的是，他的话音刚落，白大哥就站在他面前了。纪晓堂一见白大哥真的来了，高兴坏了。可是纪晓堂的脚伤得这么重，白大哥虽然来了，但他不是大夫。即便他能扶着纪晓堂走，俩人猴年马月才能到家呢？说不定等不到天亮，也一起冻死了。纪晓堂还是很担心。

白大哥看穿了他的心事，告诉他说：“不怕，有哥在呢。现在你把眼睛闭上，我不说话你不许睁开，这就送你回家。”纪晓堂乖乖地把眼睛闭上，就听呼呼一阵风声，感觉自己像在天上飘。

不一会儿，就听白大哥说：“到家了，睁开眼睛吧。”纪晓堂睁眼一看，自己果然已经躺在炕上了。

他觉得这个白大哥简直太神奇了。

白大哥神奇的地方还多着呢，比如，他像变戏法一样变出一碗热水，又变出来一个药丸，给纪晓堂吃下去，还说：“贤弟，你先睡一觉，明天我再来看你。”

从此一连好几天，白大哥天天来照顾纪晓堂的衣食起居，还帮他做家务。纪晓堂的病很快就好了。

接下来，白大哥有很长时间没来找纪晓堂，纪晓堂有一丝担忧，但转念一想，像白大哥那么厉害的人，不会有什么搞不定的事情的，于是就不担心了。

第二年的一个春日，纪晓堂正在家里做木工活儿，白大哥又像神仙一样出现了。只不过这次他一进屋，便叹道：“老弟，这些天哥哥摊上了点不顺心的事，需要你帮一下忙，你愿意吗？”

纪晓堂忙说：“白大哥，你这么说就见外了，咱俩都是过命的兄弟了，有什么需要我帮忙的你直接说，弟弟我赴汤蹈火也在所不辞。”

白大哥听完，心里踏实了一些。可是，他想了一下还是说：“贤弟，我相信你对我的情谊。但鉴于这件事太难办，所以在我对你说之前，有三件事你得答应，你答应了我才能讲。”

纪晓堂满口答应了他。然后，白大哥又强调了三点：“第一点，你要尽力在三天之内，办完我托你办的事情；第二点，三天之内，你不许对任何人说此事，绝对不能走漏风声；第三点，我讲完以后，不论你答应还是不答应，千万不要害怕，你对我完全放心就是了。”

每说一点，纪晓堂就狠狠地点一次头，大声说“行”。这下白大哥是彻底放心了，然后他就说了自己的身世，原来他并不是人，而是一条白蛇。

“什么？你是白蛇！”纪晓堂一下子被惊到了。虽然过去白大哥的有些行为令他觉得很神奇，但也万万没有想到他竟是一条白蛇，心里不由得紧张了一下。但他突然想起刚才白大哥交代的话，让他绝对放心，再回想一下这些年白大哥对自己的帮助，确定白大哥绝对是个好人，便平静地问：“白大哥，你真是蛇吗？”

白大哥点点头，认真地说：“对，我是一条千年得道的白蛇。”

现在纪晓堂一点都不害怕了，他紧紧拉住白大哥的手，诚恳地说：“白大哥，别说你是蛇，你就是虎，也是我的兄弟，反正我相信你是善良正直的，无论你做什么事，我都支持你，有啥用得上兄弟的，你尽管说吧。”

见纪晓堂如此信任自己，白大哥就放心地从头至尾对纪晓堂讲起自己的故事来。

曾经，他和另外两条蛇一起在峨眉山修炼。一条是白蛇，是他的妻子。另一条是黑蛇，是他的结拜兄弟。几十年前，听说这里的大砬子山风景秀美，是个适于修炼的地方，他们三个就离开了峨眉山，搬到了这儿。开始的时候，他们相处得挺好，可好景不长，黑蛇觊觎他的妻子，与他发生冲突，提出要和他比武，如果黑蛇胜了，就要娶他的妻子为妻，让白大哥远走高飞。现在，他俩修炼的时间差不多，可黑蛇的蛮力大，白大哥不占优势。所以，白大哥想请纪晓堂帮忙。

纪晓堂听了白大哥的故事，对黑蛇恨得牙痒痒，他急不可待地问："白大哥，这黑蛇罪该万死，朋友妻不可欺，我要怎么帮助你呀？"

接下来，白大哥告诉他，让他找一个小罐子，挨家挨户地讨点烟袋油子，每要一份，就装在小罐里，直到要够一百份，然后把罐子放好备用。等到白大哥和黑蛇比武时，它们的尾巴会缠在一起，等到它们打累了，张开大嘴喘气休息时，纪晓堂就把罐子取出来，扔进黑蛇的嘴里，然后就往山下跑，无论背后发生什么，都千万不要回头。

纪晓堂听完，说："白大哥，这事我保证能办到，我跑得快。可是我有一个困难，就是咱这儿地广人稀，要找一百份烟袋油子，得好长时间，怕是来不及吧？"

白大哥说："贤弟，不用担心，别忘了，我有法力。"

于是白大哥拿出两片蛇鳞，说："贴在你的脚心上，这样，你就是飞人了。"纪晓堂把蛇鳞贴在脚上一试，果真如此，他呼一下就回到家里，找了个密实的罐子，就出门给白大哥讨烟袋油子去了。因为他有蛇鳞的护持，只用了两天的时间，就完成了任务。

三天以后，纪晓堂很早就起来，拎起小罐，向拉法山北坡跑去。在离山顶不远处，他找了一个小石洞藏了起来。

不一会儿，就听大砬子山上风声四起，只见山顶上狂风大作，狼烟四起，地动山摇，震得纪晓堂头昏耳聋。折腾了好大一会儿，忽然安静了。纪晓堂知道，这是他们打累了，白大哥和黑蛇停下来休息了。于是他拎起了小罐，悄悄出了石洞，贴着山根向前走了不远，拐过山脚向前一看，不由吓得毛骨悚然。原来，在山坡上，趴着一条有三个盆口粗的大黑蛇，身上的蛇皮又黑又亮，在太阳的照耀下闪闪发光，刺得人睁不开眼。这会儿，它正张着嘴喘气呢。

纪晓堂回想了一下白大哥当时的安排，然后一个箭步飞到黑蛇面前，嗖的一下，把装烟袋油子的小罐扔进了黑蛇的嘴里。黑蛇冷不防嘴里被扔进了东西，一吸气，小罐就被吸进了肚子里。黑蛇顿时在地上不停地打滚，在空中跳动，折腾得山石乱飞。

纪晓堂使出吃奶的劲儿往山下猛跑，忽然间，他感觉自己的身体被一股强大的气流推了一下，然后就没有知觉了。

等到纪晓堂苏醒过来，他发现自己躺在自家的床上，床边站着白大哥和一个端庄美丽的女子。不用猜，这女子就是嫂子了。纪晓堂想站起来行礼，被白大哥按住了，白大哥见纪晓堂身体恢复得不错，然后有点难为情地说："纪贤弟，在你的帮助下，我战胜了黑蛇，保护了你嫂子，现在，我们要回峨眉山了，想离开这个伤心地。"说着从怀里掏出了两颗金光闪闪的宝珠，继续说，"贤弟，我要用刀在你的腿肚子上划开，然后把宝珠放进去，但是你别怕，我会法术，保证你一点不疼。"

纪晓堂信得过白大哥，于是放心地把裤子撩起，伸出右腿。

只见白大哥用刀在他小腿肚处划开一个小口，把两颗明珠放入，然后用手一抹，刀口马上愈合。

临行前，白大哥又交代纪晓堂说："贤弟，不要忘记我以前和你说过的话，无论你身处何时何地，只要遇到麻烦，需要大哥帮忙，你就敲三下青石，喊三声'白大哥'，我马上就会出现。"说完，他和白大嫂就消失了。

后来，因为两颗宝珠的缘故，纪晓堂也得道成仙了，他住在拉法山的通天洞里。后人就用他的名字给这个洞改了名，叫纪仙洞。

而白蛇和黑蛇在拉法山住的时候，出来进去，各有各的道，白蛇常走山南，黑蛇常走山北。经过几十年的行走，他们走的道，变成了两条河道，白蛇走出来的河道是银白色的，黑蛇走出来的河道是亮黑色的，这两条河在山的西南部汇集，此地便得名蛟河。

马头琴的来历

去过草原的人都爱听马头琴，悠扬的琴声后有一个凄美的故事。

很久以前，在美丽的察哈尔大草原上，有一户善良的牧民，他们家有一个可爱的男孩，孩子名叫苏和。

草原的孩子非常爱马，苏和也是。有一天，小苏和出来放牧，在山坡上做了个梦，他看见从天上飞来一个美丽的仙女，对他说："我知道你想得到一匹自己的马，我告诉你，北边湖边有一匹白骏马，你快去把它牵回家吧！"说完只见一道白光，仙女已经无影无踪了。苏和从梦中惊醒，揉揉眼睛一看，阳光正静静地照耀着草原。他想起刚才梦里听到的话，站起来向北一看，果然湖边站着一匹小白马，苏和欢快地向它跑去。

他把小白马带回家。一开始，大家都看不上苏和捡来的这只小马驹，觉得它太瘦弱了，但是苏和很喜欢，每天放牧都带着它。

有一天，苏和到湖边放牧时，不小心踩进沼泽地的一个泉眼，

他越陷越深。小白马看见后，长嘶一声向苏和跑去，咬住他的袖子，拼命往外拖，苏和被救了出来；一天夜里，一只野狼冲进了苏和家的羊圈，苏和急忙抄起木棒，向恶狼打去，恶狼扭头冲着苏和扑来，正在这千钧一发之际，小白马一声长嘶，扬起前蹄向狼刨去，只听嗷的一声，恶狼脑袋开了花……

经历过这两件事，苏和家里人也很感激小白马，和苏和一样，把它当作家人一样看待。寒来暑往，一年年过去，小白马在苏和的精心喂养下，一点点长大了，终于长成一匹漂亮的骏马。它浑身雪白，结实健壮，蹄下生风，成了草原上一道美丽的风景。

苏和与小白马一起度过了好几年的幸福生活，夏天的时候，他们驰骋在蓝天白云下；冬天的时候，他们在雪地里戏耍，一起保护着羊群。

可是有一年春天，他们的幸福生活被打断了，因为王爷要举办赛马大会，通过赛马招亲的形式来为自己漂亮的女儿择婿，谁取得赛马大会第一名，王爷就把女儿许给谁。

苏和并不想参加这样的大会，但他想给他的马一个展示自己的机会，于是就骑着他的小白马参加了赛马大会，小白马表现得很棒，轻轻松松就得了第一名。

王爷一看，跑第一名的马的主人居然是苏和这个穷小子，就变卦了，不但不想把女儿嫁给他，还想得到他的小白马。于是王爷就对苏和说："苏和，你那匹马还不错，我给你三个元宝卖我吧。"苏和当然舍不得，王爷的家丁就把他绑了起来，拳打脚踢地逼他放弃小白马。

苏和气愤地说："我不是来卖马的！我也不想娶你的女儿，我也不要你的钱。请放了我和我的马。"可是，胳膊拧不过大腿，王爷命令手下把苏和打昏，直接抢走了小白马。

苏和被好心的牧民们救了回去，总算捡回来一条命。但伤好后他一直很消沉，日夜思念他的小白马。

又是一个睡不着的晚上，苏和躺在床上辗转反侧，突然听到门外有动静，跑出去一看，是小白马回来了，苏和刚要抱它，小白马却倒在地上。苏和一看，马身上中了七八支箭，受了重伤。

苏和请来了当地最好的医生给小白马治伤，但仍旧无济于事，小白马终因伤势过重而死。

原来，王爷抢到小白马后，如获至宝，选了个好日子摆酒庆贺。他把当地富豪官吏请来，命令家丁牵来小白马，想在众人面前炫耀一番。可王爷刚一跨上马背，小白马突然向前一跳，向后尥了一蹶子，王爷吓得尖叫一声跌了下来，摔了个嘴啃泥。小白马风驰电掣般地飞奔而去。

王爷恼羞成怒："我得不到的，谁也别想得到！"他命令武士们用毒箭射死它。虽然中了毒箭，但小白马还是靠着意志力逃回苏和家里，见了主人最后一面。

小白马死后，苏和更是茶饭不思，彻夜难眠了。一天晚上，他梦见小白马活了，小白马对他说："我有个办法可以保证我们俩永远不分离，那就是你用我的筋骨做一把琴，你想我的时候，就拉琴，这样我们就能朝夕相伴了。"

苏和当天夜里就按照小白马的话，用它的骨头雕成马头的样子做琴杆，用马筋做琴弦，马尾巴做琴弓。琴做好后，苏和时时带着它。思念小白马的时候，他就拉起马头琴，悲伤的音乐响起，呜咽的琴声响彻草原。

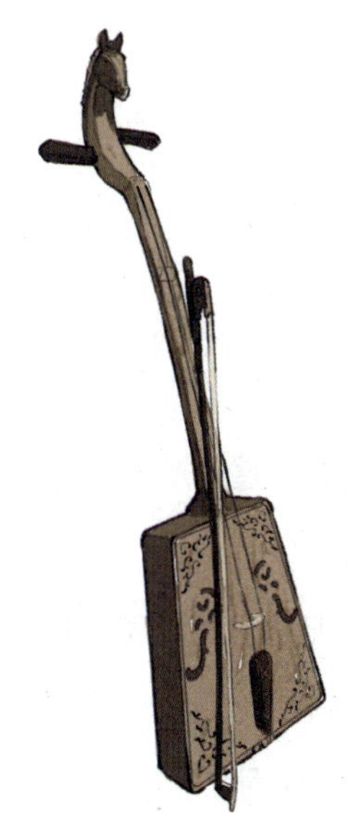

梁山伯与祝英台

在中国，“梁祝”是永恒爱情的象征。关于梁山伯和祝英台的爱情故事，几乎人人皆知。

相传，祝英台是中国南方祝家庄一个漂亮聪慧的姑娘，她家境很好，在传统教育中长大，不但会女红，还喜欢读书习字。但她生性叛逆倔强，不安于富家小姐的生活，对外面的世界充满了向往。

有一天，她无意中从父母口中得知在山里有个书院，在书院可以读书写字，还有很多好玩的运动和有趣的同学，她的内心产生了强烈的渴望，想到外面去上学。

她把自己的想法告诉父母，遭到家人反对，但父母拗不过她软磨硬泡，最终答应了她的请求。虽然父母同意了，但有个困难，书院里都是男生，而她是女儿身，这可怎么办呢？古灵精怪的祝英台想出来一个鬼主意：她要女扮男装。

就这样，在一个春光明媚的早晨，她扮成男儿模样，放弃家里安逸的生活，到书院读书去了。

在家奴的车马相送下，祝英台用了不到一天的时间就到了书院，按程序拜过孔子像和老先生，便和同学们见面了。

同学果真都是男的，祝英台心里有些紧张，想看又不敢看，生怕被同学看穿。所以，她总是刻意与同学保持距离，就这样别扭了几日。通过观察，祝英台注意到诸同学中有一个叫梁山伯的人，非常值得交往。此人非常懂礼貌，相貌清秀，性情温和，读书十分用功，蹴鞠踢得也好！

于是，祝英台就有意无意地接近他，梁山伯对祝英台也不反感，于是他俩就成了比较要好的同学。

可是关系再好，祝英台也没有忘记自己是女儿身，所以她对梁山伯极尽防范，避免近距离接触。白天学习时，她在课桌上画一道线。晚上睡觉时，她把自己的书箱安置两个床头的中间，书籍上面，还要放一碗水，而且立规矩，只要是水洒了，就要惩罚梁山伯。为此，梁山伯挨了祝英台很多拳脚。

梁山伯觉得这个同学真是奇怪，但他不是多事的人，就乖乖地守规矩，绝不轻举妄动，即便是被冤枉挨了揍，也无妨。因此祝英台和梁山伯共度同住多日，始终没有露半点痕迹。至于别的同学，相对交往很少，更无法发现任何蛛丝马迹了。

书院里除了祝英台，还有一个女人，那就是师娘。祝英台隐瞒得再好，还是瞒不过师娘的眼睛和耳朵。

她观察祝英台多日了，然后告诉老先生，祝英台是个女孩。可是老先生坚决不信。师娘就摆事实讲道理，说拜圣人时，男人都是先跪左膝，而祝英台是先跪右膝，只有女人才这样呢。

老先生还是不信，师娘就决心要想法弄清楚。于是她找了个机会请祝英台来她家里吃饭，祝英台乘兴喝多了酒，师娘扶她入睡时，祝英台自己说醉话说出了自己的身份。

第二天酒醒后，回想前晚的情形，祝英台料定师娘知道了自己的身份，便决定离开这里。

几个月的书院生活，使祝英台产生了深深的情谊，尤其是对梁山伯，她不知不觉爱上了他。可越是这样，她越想逃离，于是就把她要离开的决定告诉了梁山伯。梁山伯也非常舍不得她走，在日复一日的同学同住中，他对这个同学产生了说不清道不明的感觉，于是千方百计地挽留她，但祝英台去意已决。

祝英台走的那天，是个阴天，两人默默地走在送别的路上，梁山伯送了她很远很远也不愿回去。此时此刻，祝英台很想告诉梁山伯自己的真实性别，她早就爱上了梁山伯，可是她真的不知道如何开口，只能变着法子绕来绕去。

他们一前一后地走着，祝英台在前，梁山伯在后。看见前面有两只鹅，祝英台就指着鹅说："山伯哥哥，你看这两只鹅，母鹅走在前面，公鹅走在后面。"梁山伯听了，就点点头，说："嗯。"

走了一会儿，又看见两只鸡，祝英台又指着鸡说："山伯哥哥，你看这两只鸡，母鸡在前面，公鸡在后面。"梁山伯还是说："嗯。"他觉得这个同学真是莫名其妙，怎么净说这些无聊的话题。

再往前走，又看见空中有两只雁，祝英台又指着大雁说："山

伯哥哥，你看天空有两只大雁，一个东，一个西，真希望它们结为连理，永远不分离！”梁山伯听了，更是摸不着头脑了，他疑惑地说：“英台啊，你总说这些小动物，这有什么可说的呢？还不如说说学习呢。”

见梁山伯如此木讷，祝英台心里真是急坏了，甚至有点恨他笨极了，于是掩饰住内心的伤感，装作无所谓地说：“好吧！我随便说着玩的！你也别再送了，你回去吧。”

可是梁山伯也有点搞不懂自己了，他对祝英台有种说不出道不明的感情，他不舍得和她分离。他的腿像不听使唤一样，一直跟着祝英台走，根本停不下来。

这时候，祝英台也憋不住了，她灵机一动，来了个别出心裁的约定：“山伯哥哥，前不久因你家催婚，你一直为此事烦恼，为了表达对你的感谢，我来帮你解决这个苦恼。告诉你呀，我家里有个妹妹，长得和我很像，应该是你喜欢的样子，她特别听我的话，肯定会喜欢你。所以，如果你有意的话，就早一点到我家里提亲。”

一听这个妹妹和祝英台一样，梁山伯满口答应：“太好了！我一定到你家里去提亲。”

约定好以后，他们就来到了一条河面前。梁山伯要背祝英台过去，祝英台怕被识破身份，执意自己蹚水过河。河水打湿了她的衣衫，上了岸，她就对梁山伯说：“山伯哥哥，我的衣服湿了，我要换一下衣服，你快去附近村庄借一根竹竿，我好晾一下衣服。”

梁山伯点点头，急忙跑向附近村庄去借竹竿了。

等梁山伯气喘吁吁地拿着竹竿跑回来时，祝英台已经站在远处一个山岗上了。祝英台对他挥了挥手，大喊了一声："山伯哥哥，记得一定要早点去我家提亲！"

梁山伯已经难过得说不出话来，望着祝英台离去的背影，久久不忍离去。天突然下起雨来，梁山伯被淋成了落汤鸡，回去后大病一场。

接下来的日子，梁山伯虽免不了有离别的伤感，但毕竟是爱学习的好学生，他忍着思念照常埋头读书，这样一天天地过下去，倒把祝英台临别的话忘记了。

时间一天天过去，祝英台回家已经很久了，来她家提亲的人络绎不绝，都被她拒绝了。可是当马家来提亲时，他的父母想攀附马家的权贵，不顾祝英台的反对，就私自做主答应了这门婚事，收下了彩礼。

婚期一天天临近了，而梁山伯迟迟不来，祝英台悲伤不已。

一天，梁山伯做梦突然梦到自己把祝英台摆放的水碗打翻了，被一顿暴揍，然后惊醒了，方才想到祝英台说的话，然后立刻动身去祝英台家提亲。

梁山伯来到祝家庄，在村民的帮助下找到了祝英台家。他一进门便说明了来意，精明的祝母立刻就知道了女儿的心思，于是安排梁山伯在大厅里候着，可是恭候多时也不见祝英台出来见他。原来，祝母怕梁山伯来了会节外生枝，便把祝英台锁了起来，并派家臣看守。梁山伯一等再等也没等到祝英台，就在前厅大喊起

梁山伯之墓

来。祝家没法，只好同意让祝英台下来和梁山伯见面。

梁山伯见出现在眼前的是一位美若天仙的姑娘，不禁迷惑了，赶紧问：“你是英台还是他的妹妹呢？”祝英台说：“我是祝英台。”然后讲了自己女扮男装的事。梁山伯半是惊喜半是悲伤。祝英台有些不满地说：

“我临别的时候，不是叫你早点来吗？为什么你现在才来？现在我已经由父母做主，被许给马家了！你我再见又有何用？”

事到如今，梁山伯也不想给祝英台惹麻烦，于是就一声不吭地回家了。

梁山伯回家以后，不久就得了相思病，怎么也治不好。他临死前交代母亲：“我死了以后，一定要把我埋在从马家通到祝家的路旁。”最后，他带着遗憾去世了。

很快，祝英台的婚期到了，马家热热闹闹地来接亲。祝英台坐在喜轿里面，哭得伤心极了。经过梁山伯的墓时，她仿佛听到梁山伯呼唤她的声音，于是便喊：“停轿！”祝英台撩开轿帘，果然看到了梁山伯的坟，她奋不顾身地跳下轿来，向坟前跑去。只听一声巨响，坟墓突然裂开！祝英台脱掉嫁衣，跳了进去，几个抬喜轿的轿夫急忙伸手去拉，但被飓风刮倒在地！祝英台跳进了墓中，那裂开的坟墓又合上了。

随即，暴雨倾盆。不久，雨过天晴，坟墓里飞出两只翩翩起舞的蝴蝶，据说，它们就是梁山伯和祝英台的化身。

牛郎织女

人们称七夕节为中国的情人节，这个节日的来历和牛郎织女的传说有关。

牛郎是个凡间的放牛郎，爹妈死得早，他只好跟着哥哥嫂子一起生活。一开始哥哥对他还不错，嫂子过门后，哥哥因为听了嫂子的话，对弟弟越来越不好了。

嫂子总说牛郎是个白吃白喝的张嘴货，觉得他是多余的，让他吃些残羹冷炙，从不给他做新衣服，只有哥哥穿破的衣服才扔给他穿。后来，甚至不让他睡在家里，而是以照顾牛为由，让他睡在牛棚里。嫂子把他看作眼中钉，为了不让他在家里多待，每天都把他赶出去放牛。

牛郎天天与牛相伴，和牛成了最好的朋友。他善待牛，牛也对他友善，牛郎经常望着牛发呆，牛也喜欢温和地看着他，还经常拿牛角温柔地蹭他的手。

时光如流水，牛郎慢慢长大了，能帮哥哥嫂子干重活了，可是哥哥嫂子还是不待见他，除了让他干更多活儿，更重的活儿，一切都没有改变，还是让他吃残羹冷炙，穿破衣服，住牛棚，和牛一起睡在草上。即便如此，哥哥嫂子还是容不下他，想把他逼走。这是为什么呢？

因为他们想独霸父母留下的家产，担心有一天牛郎娶了媳妇，跟他们争夺家产，于是就想通过这种方式把牛郎逼走。

为了让他彻底离开家，一天，哥哥来到牛棚，装作很不舍得的样子对牛郎说："弟弟，你看你长得多快，现在是强壮的大小伙子了。这些年，为了把你养大，我也对得起爹娘了，为了让爹娘在九泉下安息，你快点成家立业吧。为了方便你成家，咱们先分家，父母生前留的家产，值钱的也只有一头牛和一辆车，这些都归你吧。剩下的归我们，我和你嫂子就辛苦些。"

牛郎摸着牛背，没说话。过了一会儿，嫂子也来了，她在旁边假惺惺地说："我们给你的是对你成家立业最有帮助的，牛能干活儿，车能拉货，你带上它们，快点出去闯闯吧，闯出点名堂，也好光宗耀祖。"

牛郎见哥哥嫂子这么无情，也不想和他们一起过日子了，就牵着他最爱的老牛，拉着那辆破车，离开了家。

牛郎一直往前走，离村庄越来越远。他走过一片又一片树林，翻山越岭，最终在一个安静的小山村停了下来，决定在这里定居。从此以后，他白天有时上山打柴，有时下湖捞鱼；到了夜晚，就和老牛在村边柴火垛旁休息，他睡在车子上，老牛趴在地上。日子虽然穷苦，但也平静。经过一段时间的积累，牛郎有了点积蓄，就在山前湖边盖了一间茅屋。这里土地肥沃，他又在附近开了一块地，种了一些庄稼。

这样，他总算有了自己的家。

很快，夏天到了。一天晚上，他乘完凉后，忽然听见有人叫他的名字。他以为自己听错了，在这个陌生的地方，谁会认得他呢？不可能啊。

可是，他再侧耳细听，又听到有人叫“牛郎”。

牛郎听出声音是从茅屋发出来的，他走进茅屋，定睛一看，原来是他的老牛在和他说话，他的牛会说话啦！牛郎感动得哭了。老牛也哭了，对他说：

“明天太阳快落山的时候，你去房前的树林里等着。”

牛郎疑惑不解：“去那里干什么？”

老牛说：“这件事对你有好处，也很重要。你放心好了。到时候，你听我的指引就行了。”

牛郎虽然还是丈二和尚摸不着头脑，但他信赖老牛，便牢牢记住了老牛的话，然后拍了拍老牛就睡了。

第二天黄昏，牛郎领着老牛来到树林里，他刚找到一颗倒地的树坐下来，就见一阵狂风飞来，顿时飞沙走石，吹得他闭上了眼睛。等风停了，他睁开眼睛，发现眼前的树杈上有一件漂亮的粉红色纱裙。老牛示意他去拿，他迟疑着走上前，拿下了那件衣服。

之后，老牛看了他一眼，沿着通向湖边的小路向前走去，边走还边不时看看他，意思是让他跟上去。

牛郎小心翼翼地捧着衣服，跟着老牛向前走去。走着走着，快到湖边了，突然听到有女子的笑声，他不敢往前走了。老牛悄悄地说：“这是天上的仙女在湖里洗澡，你等在这里。”

过了一会儿，牛郎听到仙女们陆续上岸了，其中一个仙女说：“哎呀！不好了，我的衣裳不见了，肯定是被刚才那阵风吹走了。”接着是一阵忙乱声。牛郎站起来就想把衣服送过去，老牛踩着他的衣服不放。

过了一会儿，一个仙女说：“妹妹，我们都穿好衣服了，回家的时间也到了，我们等不及了，先走了。”

牛郎抬头，见有几个美丽的仙女飞上天，一会儿就不见了。

这时，老牛松开了前蹄，示意牛郎上前。牛郎赶紧从树林里走出来，一只手捂着眼睛，一只手托着衣服，说：“姑娘，您看，这是您的衣服吗？”

姑娘躲在树后，羞涩地接过衣服，穿好。

原来，她是天上王母娘娘的外孙女，很会织布，大家都叫她织女。天上那些美丽的云彩，都是织女织的。她每天辛勤忙碌地织着。早晨，她织出绚丽的朝霞；中午，她织出白云朵朵；黄昏，她织出斑斓的晚霞；晚上，她又忙着在黑锦上缀满亮晶晶的星星。

天空需要的云彩多，王母娘娘就让她天天织，也不让她休息。织女倒是不怕累，就是讨厌没有自由，天天关在屋里，实在难受。她总想离开天上，到人间过几天自由自在的生活。她把这个想法跟自己的姐妹们说了。她们也都厌烦了天上枯燥的日子，于是她们趁今天王母娘娘召集众仙聚会，在宴席上喝多了，靠在宝座上睡着了，一时半会儿醒不来，就跑出来了，一起飞到人间，落在湖边，被干净的湖水和水中倒影迷住了，就下去洗澡。

牛郎也把自己的身世告诉了织女，他们喜欢上了对方。

牛郎问织女："那你喜欢天上的生活还是地上的生活？"

织女回答："还是人间好。"既然如此，牛郎也没什么可担心的了，他就说："那你就别回去了，咱俩结婚，一起过日子，你能织布，我能耕种、捕鱼，我们一定会幸福的。"

织女来到人间，就被这个多彩的世界迷住了，于是答应了牛郎，跟着牛郎和老牛回了家。

从此，他们过着平凡幸福的生活，牛郎耕种、捕鱼，织女在家里纺织。很快，两三年过去了，他们也有了自己的孩子。一家人经常在夏夜望着星空消夏，织女给孩子们讲天上的故事，孩子们听得咯咯笑，她也很快乐，但有时候也难免惆怅，她担心有一天王母娘娘发现她私自下凡，会惩罚她。

一个夏日的夜晚，那头忠诚的老牛又开口说话了，它悲伤地对牛郎说："我年纪太大了，快死了！我死后，你记得把我的皮剥下来挂在墙上。以后碰到特别紧急的事，你就把我的皮披在你身上，你会化险为夷。"老牛边说边闭上了眼睛。牛郎抱着老牛痛哭一场，然后把它的皮剥下来，把尸骨埋在他日日耕作的田里。

再说天上，不多久，有人把仙女们偷偷跑到人间洗澡的事告诉了王母娘娘。王母娘娘气坏了，把她们关了起来，以示惩罚。对于私自做主留在人间的织女，她更是恨得牙根儿痒痒，觉得她胆大包天，败坏天庭的荣誉，也损害了她的威严。王母娘娘派了好多天兵天将到人间察访，捉拿织女，发誓要给她最严厉的惩罚。

天兵天将经过一番打听，在牛郎家里找到了织女，抓起她就走。织女的女儿哇哇大哭，儿子见妈妈被欺负，就上来踢打天兵天将，被推倒在地，磕破了脑袋。织女一见天兵天将，便知道自己幸福的日子要结束了。她望着两个可爱的儿女，心里痛苦万分，千言万语来不及说，只吩咐他们：“你们别管我了，快去告诉爸爸！”

两个孩子撒腿就跑，去找爸爸。牛郎回到家里，看着家里织了一半的彩锦，还有冒着热气的饭菜，心如刀割，发誓要把织女救回来。可是，凡夫哪是天人的对手？自己没有翅膀，怎么能上天呢？他忽然想起老牛的话，想到了挂在墙上的牛皮。他赶紧上前，取下牛皮披在自己身上。之后，他找了两个筐，把两个孩子放进去，用扁担挑着，往外跑去。

神奇的是，一出屋门，他像长了翅膀一样飞了起来，很快就来到天庭，看见妻子正跪在王母娘娘面前。他大声喊道：“织女，你不要怕，我来了。”筐子里的两个孩子也不停地叫着：“妈妈，妈妈。”

牛郎和孩子离织女越来越近，眼看就能牵到她的手了。没想到，王母娘娘拔下头上的玉簪往下一画，牛郎和织女之间忽然出现了一条天河。河宽浪大，牛郎穿着牛皮也无法飞越。

就这样，牛郎和孩子被隔在天河的这边，织女被困在天河的那边，他们只能遥望。牛郎和孩子在这边哭，织女在那边哭，时间长了，王母娘娘烦了，也拗不过织女，对两个孩子也产生了同情心，于是就允许织女一家人在每年七月初七见一次面。

到了七月初七那天，织女带着好吃的点心，牛郎带着两个孩子，都早早地来到天河边。可是，天河浩渺，一个在这边，一个在那边，他们还是只能远远地看着，无法靠近。

一家人哭得痛不欲生，这哭声吸引了喜鹊的注意，它特别同情这一家人的遭遇，于是就召集成千上万只同伴，为他们在天河上搭起一座桥，叫“鹊桥”。

有了这座桥，牛郎和织女终于可以在鹊桥的中央相会了，一家四口紧紧地抱在一起。

喜鹊也被感动得热泪盈眶，它们商量好，以后每年的七月初七都要为这一家人创造见面的机会，在天河上搭起一座桥。

这就是牛郎织女和七夕节的传说故事。

月饼的由来

中秋节是中华民族的传统佳节，民间有吃月饼的习俗。那么，你知道关于月饼的由来吗？

大家应该都听说过《天仙配》的故事，传说天上的七仙女不顾天规，私自下凡与董永结为夫妻，正在两人的生活越来越幸福的时候，却被玉帝生生拆散，七仙女被迫回到天庭，给董永留下了一个年幼的孩子。

这个孩子名叫董仲，因为没有妈妈照顾，他的童年很是凄惨。

有一年八月十五，村头的桂花树盛开了，香味吸引了调皮的孩子们，他们都聚在树下玩游戏。董仲也想和他们一起玩。可是小朋友们都很嫌弃他，还有人骂他："我们不跟没妈的野孩子玩，你爱去哪儿就去哪儿，快滚开！"董仲很伤心，他离开村头，一口气跑到村外的大槐树下，号啕大哭起来。

他边哭边想起了妈妈，觉得如果有妈妈，自己一定不会被欺负。他边哭边喊："妈妈！为什么你不要我了呀？你什么时候能回

来呀？”

天黑了，月亮圆圆地挂在天上。董仲哭着对着月亮说：“月亮呀月亮，你天天在天上来来回回地走，你见过我妈妈吗？如果你见了我妈妈，请你告诉她，我想她，我想让她回来。”

天上的吴刚被这孩子说的话感动了，他很同情这个孩子，就急忙落到人间，扮成一个凡人来安慰他。可董仲实在太想妈妈了，还是一个劲儿掉眼泪。

吴刚最见不得孩子的眼泪，他悄悄拿出自己的登云靴送给孩子，并对他说：“你想见你妈妈的话，就等到半夜时分悄悄来到村外，把这双靴子穿上，然后你就能飞上天了。”说完这些，吴刚就回到天上，给七仙女报信去了。

董仲想见妈妈心切，就乖乖地按照吴刚的嘱咐，一动不动地坐在那里等着半夜时分。很快，村头孩子们的喧闹声停止了，人们都回家睡觉了，又大又圆的月亮发出冷冷的清辉，照着这个可怜的孩子。

董仲摸出吴刚送他的登云靴，穿在脚上。神奇的事情发生了，他的身体马上变轻，越来越轻，轻得像一根羽毛。他身边似乎刮起了微风，他随着风飞了起来，越飞越高，越飞越高……后来，他从月亮边上飞过，来到了天庭。

七仙女听了吴刚给他传的话，也早早在天庭等着儿子的到来。夜半时分到了，她远远地看见了儿子，见儿子瘦瘦小小的，衣服破破烂烂的，眼泪禁不住流了下来。母子俩见面，真是悲喜交加。

七仙女的其他姐妹闻讯赶到，她们也都很喜欢这个聪明伶俐的孩子，把最好吃的东西都拿给他，苹果、柿子、石榴、板栗、花生、核桃等摆了整整一大桌。七仙女更是不知道怎么招待他才好，想把她认为最好吃的东西都做给他吃，以弥补她内心的缺憾。

她找到嫦娥新送给她的桂花蜜，把花生米、核桃仁弄碎，拌到一起，做成馅儿，又按照圆月的样子，做成了一个又甜又香的大圆饼，给儿子吃。儿子在从出生到现在，从来没吃过这么好吃的东西，觉得美味极了。

母子俩尽享天伦之乐，清冷的天庭上，也有了人间的烟火气。可是，这事被玉皇大帝知道了，他大发雷霆，觉得这一帮人坏了天庭的规矩，天机不可泄露，凡人怎么能升天来到天庭？！如果这样下去，天庭就不是天庭了！天人之间，本是鸿沟相隔，怎能如此相处？！长此以往，将人不是人，仙不是仙了，不行，必须严惩不贷！于是，他没收了吴刚的登云靴，罚吴刚去寂寞的月宫里砍桂花树。这棵桂花树高达五百丈，不仅高大，而且能自己愈合斧伤，吴刚每砍一斧下去，桂花树身便飞溅出木屑，斧头再抬起来，伤口又长好了。就这样，他永世不得离开，永远永远都在挥舞着斧头。玉皇大帝又命令天兵抓住董仲，让他骑着麒麟回到人间，还把他上天庭的相关的记忆抹去了，只给他留下吃东西的感觉。

回到家后的董仲，好像做了一个梦，只记得梦里吃了好多好东西，还吃了一个大大的像月亮一样的饼。后来，董仲发奋读书，

考取了状元，成了一个清廉的好官。多年以后，那个甜饼在董仲脑海里挥之不去，于是每年八月十五，董府的厨子都依照董仲的配料和方法制作那种甜饼。时间长了，这种饼慢慢流传到民间，人们在八月十五赏月的时候，总要摆上一盘甜饼，慢慢品尝。

因为这种食品的形状特别像八月十五的圆月，于是人们就叫它“月饼”。

知母草

从前，有一个老婆婆，她从小跟父母上山采药，认识很多能治病的草，以采草药和替人治病为生。

她很善良，如果来求她治病的人无钱给她，她便免费给他们治病。老婆婆独自一人生活，没有子女。她年纪越来越大，爬山、干活儿越来越困难。就这样，她采的草药越来越少，卖的钱也越来越少。这还不是她最担心的，她最担心自己过世后，自己这识草药、治病的本领就失传了。

可是，老婆婆身边没有合适的人可传。别人对她说："你去认个干儿子吧，让他孝敬你，你可以把自己采药的知识和经验都传授给他。"老婆婆觉得有理，于是就想认个干儿子。

当时的皇上正生重病，皇宫张榜公布，说如果谁能把皇上的病治好了，皇上会封官加赏。一个官宦人家的贵公子知道老婆婆认识很多别人不认识的草药，还有很多秘方，就想学会后给皇上治病，这样以后肯定能升官发财。

贵公子找到老婆婆，说自己会给老婆婆养老，要接老婆婆去他家里住，老婆婆见他态度诚恳，就跟着他回家了。在那里，贵公子精心伺候着老婆婆，可他对待下人态度恶劣，在外面飞扬跋扈，对老百姓非常不好。老婆婆看在眼里，记在心里。

几天过去了，一个月过去了，两个月过去了，老婆婆只字不提怎么采草药和怎么治病。贵公子很着急，便催促老婆婆。老婆婆说："学医学药要有爱人之心，我要等一个合适的时间再教你。"可是贵公子对下人、对老百姓的态度依旧恶劣，对老婆婆的态度也越来越差了。

两个月过去了，三个月过去了，半年过去了，老婆婆仍只字不提怎么采草药和怎么治病。贵公子急了，觉得自己升官发财的梦破灭了，他怒气冲冲地把老婆婆赶到了大街上，觉得自己遇到了骗子。

老婆婆流落在街头，生活非常悲惨。

有一个商人听说后，觉得这是一个赚钱的好机会，他想利用老婆婆的知识和医术开药铺挣钱。想着自己发大财的样子，他赶紧把老婆婆接回家，为了讨好老婆婆，他嘴巴很甜，给老婆婆好吃好喝好穿。可是，好多天过去了，老婆婆并没有提教他识草药的事，商人有些撑不住了。有一天，他端来一碗甜甜的莲子粥喂老婆婆，一边喂一边问："您就是我亲娘，您什么时候才教呢？儿子学到这些才能挣大钱孝敬您。"

老婆婆一听他这么说，就冷冷地回答："还得等十年。"

生意人一听还要等十年，立马气急败坏地把莲子粥打翻，把老婆婆赶了出去，等着老婆婆求他。可是老婆婆才不会这样做呢，坚强的老婆婆宁肯要饭度日，也不帮助这种德行不够的人。

可是，老婆婆腿脚越来越不好了，连要饭都成问题。

寒冷的冬天到了，到处冰天雪地，老婆婆去哪里要饭呢？有一天，她又冷又饿，好不容易来到一个小村子，昏倒在村口。

一个晚归的樵夫发现了她，就把老婆婆背到自己家中。樵夫的妻子也很善良，赶紧熬了一碗姜汤给老婆婆喝下去，等她醒来，又给喂了饭。老婆婆很感激他们，顿时喜欢上这户人家。

樵夫问了问老婆婆的情况，很同情这个孤独的老人，便和妻子商量了一下，对老婆婆说："我们家没有老人，平时干活儿很忙，非常希望能有个老人在家帮我们照看照看，虽然我们不算富裕，但是我们愿意照顾您。"

老婆婆听了，心里很高兴，于是就在樵夫家住了下来。

她吸取前两次的教训，没再到处说"谁肯认我作娘，我就把采药的知识传给他"这样的话。

樵夫两口子待老婆婆非常好，樵夫用自己的手艺给老婆婆做了一张舒适的床，妻子给老婆婆缝制了厚厚的棉衣。通过这些细枝末节的小事，老婆婆认定这夫妻俩是可托付的人，有心把草药知识传授给他们。

在樵夫夫妻俩的精心照顾下，老婆婆的身体一天天地好起来了。老婆婆也很勤快，除了帮助做力所能及的家务活儿，夫妻俩外出劳作，她就帮着照看孩子、做饭。樵夫家的院子很大，老婆婆还在空地上种下了一些草药，把草药的知识讲给孩子听。而且，每当村里有人生病了，老婆婆就拔一些草药来熬成药汤，送给病人喝，效果很好。

十里八乡的人都羡慕樵夫夫妇有这么一位好干娘，而老婆婆也逢人便夸这对夫妻人厚道、孝顺。一家人生活得幸福和睦。

有一年春天，当地出现很多奇怪的病人，死了很多人，连官府都无能为力。有一天早上，老婆婆早早就叫一家人起床，简单吃了点早饭，就让樵夫把自己背到山上去，让樵夫的妻子拿着口袋同去。

到了山上，老婆婆一会儿让樵夫扶她到这里，一会儿扶她到那里，樵夫一点都没有不耐烦。

后来娘儿仨来到一片草丛中，老婆婆停下来，指着草间一种野花，对樵夫夫妇说："快把这种野花挖出来。然后比着这种野花去找，找到后，就连根挖起，快快快，你们不用管我，快去挖。"

夫妻俩见老婆婆说得很急切，也不敢多问，把老婆婆安顿在一块平坦的地方，就去挖那种开花的植物了。等挖满了一大口袋，他们背着回到了老婆婆身旁，老婆婆这才告诉他们："用这种花草做的药可以治好正在流行的那种怪病。其实我就是那个你们听说的识草药、会治病的老婆婆，之所以到现在才教你们认药采药，原因就是我确定你们是诚实可靠、心地善良的人，不会为了发财不去医病救人。"

樵夫听了老婆婆的话，甭提多开心了，心想："我这干娘原来不是普通人，是个宝啊。"于是他和妻子对老人家承诺："我们一定记住您的话，不图发财，就想救死扶伤。"

“可是这种药草叫什么名字呢？如果没有名字，恐怕乡亲们不会接受它。”

老婆婆想了想说：“谢谢你们两口子对我这么好，理解我的心情，那我们就叫它‘知母草’吧。”

他们俩把采到的知母草带下山，做成药剂，免费送给那些病人，救了很多人的命。

这只是个开始，从此后，樵夫不砍柴了，全家人一起跟老婆婆学习草药知识，老婆婆把一生所知毫无保留地传授给了他们一家。

后来，老婆婆去世了，樵夫夫妻就开了药铺，他们卖的药真材实料，价格非常低，而且要是穷人来买，他们会免费送药。遇到谁身体不适，他们会在自己家煮了汤药送过去。因为老婆婆的事迹和樵夫夫妇的善举，“知母草”的故事就这样流传下来了。